とある女《ひと》との過去

田中耕一

TANAKA Koichi
The past with a certain woman

文芸社

とある女との過去◆目次

前日譚

ある冬の日に

前日譚　　ある冬の日に

　その日、男はなだらかな公園の坂道を、ゆっくりと上っていた。平日の昼前で人通りはほとんどない。時折吹く北風が、男の足元に色の褪せたサクラの枯れ葉を、何枚も運んでくる。裸になった細い枝先は微かに風に揺られてはいても、冬の日差しは弱くて、はっきりとした影を落とすことはなかった。

　公園のあるこの山一帯がかつて戦場であったことを示すものは、今ではほとんど何もない。上り坂の入り口にあったという黒く塗られた太い総門構えも、男が生まれるはるか以前に取り払われていた。男には遠い微かな記憶として、移設先の寺の境内で、この黒門の柱に撃ち込まれたいくつもの弾痕を見た覚えがある。公園の奥には、守備側の部隊が立てこもったと言われる大きな寺が残っている。その伽藍配置が当時のままなのかは、男にはわからなかった。広小路を見下ろす山の崖際には、攻め手の大将の像が立っている。創設間もない日本陸軍で唯一人大将となった人だが、その地位を示すものは何一つなく、ただ犬を一匹連れているだけの立像である。山上の寺の奥、山のふところには霊園が広がり旧体制側の立派な墓所もあるが、訪れる人はほとんどいない。

　公園の坂道をゆっくりと上りながら、男は考えていた。この場所で繰り広げられたいくさに関しては、歴史上の重要な出来事として、いくつもの文献や絵画が残されている。しかしながら、その時この場所で、傷つき命を落としていった人々の、個々の些細な物語はどうなったのであろうか。彼ら一人一人にも、親や兄弟、妻や子どももいたはずである。そんな一人一人の個人が、胸に秘めていたはずの愛する人への想いは、はたしてどこにいってしまったのであろうか。

こんなとりとめもない疑問を胸に思い描きながら、男はふとあることに気が付いた。このいくさに続いた内乱が収まり、新体制となった日本が闇雲に近代化に突進していたころ、英国から帰ってきた男がいた。彼はそんな日本の近代社会の中で、錯綜する男女の感情の在り様を、いくつもの小説に著すことになる。そんな架空の小さな物語の中には、登場人物たちの愛憎織りなす心の葛藤が、幾重にも描かれていた。彼が書いたこれらの小説を、男は高校時代から折に触れて何度か読んでいた。その後何十年も経った今この時に、冬枯れのサクラ並木を歩きながら、男は頭に浮かんだあることを、独り小さく口に出して言ってみたのである。

「遠い国から帰ってきた漱石は、激しく交錯する男と女の感情のもつれを何度も書いていた。けれども、そんな漱石自身が本当に愛した女《ひと》は、誰だったのだろうか……。そして、高校時代に背伸びして漱石をかじった私は、本当にあの女《ひと》を愛していたのだろうか……」

第1部
遠い過去

1　最初の手紙

明け方に目が覚めた後、もう一度眠った。その時半醒半睡の中で、こんな夢を見た。

私はどこかの湖でボートを漕いでいた。そこへある女が別のボートを漕ぎながら現れた。その背中を見た私はすぐに葉子だと知る。誰かと逢引き中なのか…と思ったが、大きめのボートに何人かの人を乗せている。ボートを漕いでいるのは彼女だけで、だとすると他は客なのか…と思った時になぜかホッとしたらしい。

次に再び葉子が現われた時にハッと気づいたことは、彼女の髪がかつてそうであったような長い髪になっていた。カーキ色のトレンチコート姿だった。しかし私は彼女がそんな色のコートを着ていたのを見たことはない。その瞬間、葉子の髪の肩口から下が、いきなりふわっとウェーブしたブロンドになった…。

〝時の流れ〟というものは残酷である。

すべての苦しみは時がたてば癒されるという。時間はあらゆる物事に対する最良の薬ともいう。しかし私からすれば、そんな言い草はすべてまやかしである。過ぎ去った時間は絶対に取り戻すことはできない。時間は一方向にしか流れず止まることもない。

〝あくるほどなき夜の目覚めに〟見た夢は明らかに葉子だった。このところ連日彼女に宛てて手紙を書いているせいだろうか。フロイトならこんな私の夢からどのような判断を下すのであろうか…。

過去に犯した自らの愚かさをすべて忘れることにより、多くの人々は自分の心の中を誤魔化してきた。おそらくそれは、結局は自らの愚かさを増すだけであり、その対価として人は自らの苦しみから逃れることが出来る。それをもって幸せとしていいのだろうか。

大きな歴史のほとんどはすべて勝者によって書かれてきた。それらはみな、彼らがなしてきた残虐で非道な行為の正当化であり美化である。その中で個人が過ごした過去は誰からも忘れられ、存在しなかったものであったかのように捨てられていく。それらが生き残るのは、個人の記憶という仮想ともいえる物語の中であり、近代以降では小説の中である。

＊

これは私が六三歳の誕生日を迎える数日前の日記です。別に漱石の『夢十夜』を気取ったわけでもなければ、実朝の和歌に触発されたわけでもありません。ただここしばらくの間、私はよく夢を見るようになりました。そこにはしばしば、若くて美しい女性が現われました。ほとんどの場合、私はそれが誰かを知ろうとして知り得ないまま、ボーッとしながら目覚めていました。けれどもこの日だけは、半覚醒のまどろみの中でそれがあなただとわかったのです。おそらくここ何日も毎晩、私があなたに宛てて手紙を書いているからでしょうか……。

この手紙があなたの手元にきちんと届くかどうかはわかりません。たとえ無事に届いたとしても、差出人の名前を見て、あなたは読むこともなくいきなり破棄するかもしれません。けれども、それらの危険を承知の上で、あえて私はこの手紙を書くことにしました。つまり、以前にあなたと交わした約束を私は破ることにしたのです。

一五年前の夏、私があなたに二回目の電話をした時に、あなたから強く申し渡された「もう二度と電話してこないで！」という言葉が、それ以降、私の心の奥底に澱のようにこびりついています。その時から今まで、私からあなたに直接アプローチすることは一切差し控えてきました。共通の友人から何回も寄せられた同窓会などの誘いも、私は全部不参加で通しました。これもあの時の電話で、「私の行くところにはもう来ないで！」とあなたが重ねて要求したことに従ってきたからです。

一五年前に私があなたに電話をすることになったそもそものきっかけは、二〇〇六年の五月末に大学卒業二五周年の同窓会があったからです。確か五月二〇日の土曜日のことだったと思います。何人かの先生方も参加した会に、私は意図的に欠席しました。夕刻以降、赤門前の店舗に場所を変えて二次会もありました。私は少し考えた上で、その二次会にだけかなり遅れて出席しました。そしてその席で数十年ぶりに、私はあなたを見かけたのです。もちろん、私があなたと向かい合うこともなかったし、直接話をすることもありませんでした。私はあなたのそばに近づくことはしませんでしたし、あなたが私のいることに気が付いたかどうかもわかりませんでした。けれどもやはりその日の夜から、私の心の中で危惧していたことが生じてきました。離れたところからとはいえ、あなたを直接目にしたことによる、言葉では表現しようのないもやもやとした何ものかが、再び私の精神をかき乱すことになったのです。そうなることはある程度自分でも予測していましたし、それゆえに同窓会への参加もギリギリまで躊躇していました。けれども遠くからとはいえ、二次会であなたを見かけたことは、私の心をひどく揺さぶり、そのことが一週間後の土曜の昼下がりに、あなたに最初の電話をかけることにつながってしまったのです。あなたも私も四八歳になって間もないころのことでした。

もしかすると私の突然の電話に、あなたは少し驚いたのかもしれません。あるいはそれは私の勝手な思い込みだったのかもしれません。けれどもこの一回目の電話の時には、わずか三～四分余りのことだったと思いますが、あなたは声高になることもなく、「今とても忙しいから……」ということを繰り返していました。私はその言葉をそのまま受け取り、いつならいいかと問うて、ようやくあなたから「夏休みになったら……」という返事をもらうことができました。

私は二か月余り待ちました。そして七月も末の三〇日、日曜日にあなたに二回目の連絡を取りました。その時、あなたからいわれたのがこの手紙の初めに書いたことでした。

一五年も昔のことでもあり、今となっては正確に思い出すことはできないのですが、この二回目の電話であなたは、話していくにつれ次第に感情を顕わにしてきました。端的に言えば、憎しみという棘で鎧った絶対的拒絶を、非常に強い口調で受話器越しに私にぶつけてきたのです。私の話はみな「そんなのは幻想に過ぎない」と切って捨てられました。そして最後に、あなたは吐き捨てるように「さようなら」と言って電話を切りました。

理性だけで必死になって辿っても、一五年という年月はあまりにも長く、詳細な記憶はほとんど失われつつあります。しかしそれゆえに、私の心の中にはあなたに関する様々な感慨が、曖昧になりつつも次々に湧き上がってくるのです。もちろんそれらすべては、私の自分勝手な一人よがりの妄想でしかないということはわかっているつもりです。まさにあの時に、あなたが口にした「幻想」そのものなのかもしれません。

今こうして一五年ぶりにあなたに手紙を書いているのも、私の中の「幻想」のあなたに、さらに新しい幻想を塗り重ねているだけのことかもしれません。おそらく、はるか以前からあなたは、自分のことを「幻想」としてしか捉えていない私を嫌っていたのかもしれません。だからこそ、未だに私があなたに対する「幻想」の上塗りを自重することができないのは、私にとって以上に、何も関係のないあなたにとっても不幸なことなのかもしれません。

もちろん、この長い年月の間、常に私がこのような妄想に取りつかれてきたわけでは決してありません。幸か不幸か判然とはしませんが、その間のほとんどすべての時間において、あなたのことが私の心を占めるようなことはありませんでした。当然、あなたにとっても、私のことが意識に上ることなどまったくなかったであろうことは、私にも簡単に想像がつきます。けれども何かの折に、何らかの拍子に、私の心は知らず知らずのうちに、あなたの想い出で激しくゆさぶられてしまうのです。

私があなたのことを思い出すときには、常に何らかのきっかけがありました。一五年前は卒業二五年の同窓会であなたを目にしたことでした。そして今回は三年前の夏に私を襲った大病でした。

あなたは知るはずもないことですが、還暦を迎えた二〇一八年の八月に私は突然、致死性の病を得てしばし生死の境をさまよいました。緊急手術で一命《いちめい》を取りとめた後も、病室のベッドの上でただただ私は〝生き延びる〟ということだけに集中していました。今に至る三年近い闘病生活の中で、私の心にあなたのことが（あるいはあなたの〝幻想〟が）入り込むことは一度としてなかったのです。しかしこの三月に拙著が闘病記として上梓された時に、その報告を兼ねて私は、これまでにお世話になった先生方や友人知人に連絡を取ったのです。そして自分でもどうしてなのかは説明できないのですが、この時なぜか急に、あなたのことが私の脳裏に浮かび上がってきたのです。

正直に告白すれば、直接のきっかけは建築学科の同窓生宛の一斉メールでした。私は三月半ばにそれを使ってクラスの全員に〝卒業四〇周年〟にかこつけた近況報告をしました。このとき私はあなたのアドレスも一斉メールに含まれていることに気が付きました。そして私は相当迷ったあげく、結局あなたのアドレスを消去することなく送信したのです。この時点で既に私は、一五年前の電話であなたから言われた「もう二度と電話してこないで!」という言葉を、つまりもうあなたとは何らの連絡もしないという約束を破ったことになりました。

この送信の直後に私はパソコンを閉じて席を離れました。言葉にはしがたい不安と心の揺らぎが、すぐに私を襲ってきたからです。しかし幸か不幸か、このときのメールはあなたには届きませんでした。あなたのアドレスのサーバーが受信拒否した旨を報せてきました。それを確認した時、私にはかすかな安堵とそれを上回る迷いとが湧いてきました。心が散り散りになる中で、数日後に私は再び、あなたにだけ同じアドレスで同じ文面を送信したのです。そしてこのときも、未配を報せるメールが来ました。結果的に今のところ、あなた宛ての私からのメールは届くことはなく、未だにかろうじて一五年前の約束は守られていることになるのでしょう。そしてそのことが、つまりさんざん迷い悩んだ末の私の決断が、単なるデジタル空間で拒否されたことになり、今この瞬間、余計にあなたへの思いを掻き立てることになっているのだと思います。

あなたには届くことのなかったメールには、私の下手な短歌《うた》が含まれていました。

たのしみはまれにかつての友と会い　ともに過ごした日を語るとき

たのしみは古き友より手紙届《ふみ》き　独り閑かに封を切るとき

たのしみは我が名を君《くん》と付けて呼ぶ　在りし日を知る君といるとき

これらはみな、殊に三首目はあなたにあてて詠んだものであることはおわかりいただけると思います。この日の日記に私は次のように書いていました。

＊

要するにこれは、自分からある特定の人に対するメッセージなのだが、はたしてそれが伝わるかどうか…それ以上にはたして読んでくれるか否か…いずれにせよ返信などあるわけもないが、読んでくれたかどうかさえも分からないであろうということはほぼ確実であり、勝手に送り付けた私としては、その状況は自分で生んだものであり、したがって自ら耐えるしかないのである。

*

あなたにお見せするにはあまりに恥ずかしいものなのですが、この時点でまだ私は、メールがあなたに未配になっていることは知りませんでした。その後、最初の一斉メールがリジェクトされたことを知り、私が改めてあなたにだけ再送したことは先に書いた通りです。そしてそれも届かなかったことを知りながら、この数日悶々と苦しみつつ、こうしてあなた宛てに手紙を書き始めたのです。「自ら耐えるしかない」と言っておきながら、何という自己矛盾でしょうか。

他の人はいざ知らず、自分の心の在りようがどのようになっているのか、これまでのあなたとの関わりについて、私は私自身の心の中すらまったく自分では冷静に捉えることができなくなっています。ましてや他の人の心の内面を思いやることなど、今の私にはほとんど不可能です。したがって、仮にあなたがこの手紙を読んでくれたとして、今のあなたが私に対して何を感じどう思っているのかについて、私には想像することすらできないのです。

けれども今でも私の心の奥底には、大きなどす黒い塊となって疼いているものがあります。一五年前のあなたとの最後の電話で、あなたが私に向かっていった一言が決して消えることのない澱となって私の心に沈殿しているのです。

「私の人生をメチャメチャにしたくせに……！」

語尾がどうだったのか、またこの後に続けてあなたから何と言われたのか、私は覚えていません。ただあなたからすれば青春の一番大切な時期を、私という存在があなたの近くにあったがために「メチャメチャに」壊されてしまったのだという思いがあったのでしょう。それらが過去の幾多の恨み辛みと重なって、私に対する憎しみの言葉となって自ずと出てきたのだと思います。それは、かつて私が高校時代に淡く甘酸っぱい係わりを持った女性から、三〇年も経った後に投げつけられた言葉でした。けれども私には、これがあなたの私に対する嘘偽りない本当の気持ちなのだということが、強い断定的なあなたの口調から伝わってきたのです。

あまりに大きな衝撃のために、このとき私は、激昂するあなたに何ら答えることはできませんでした。このとき既に学部卒業から二五年が経過していました。もちろんこの時も、また今に至るも、私にはあなたに対してとても言葉にはできない、取り返しのつかない酷いことをしてしまったという自責の念があります。それとともに絶対に消すことのできない後悔が、心の奥の奥に残っています。殊に、専門課程に進んだ本郷での二年余りの間に私があなたに対してしてきたことについては、今でも慚愧の念に耐えられないのです。しかしながら、たとえそれらの自責や後悔がどれだけ重く残っているにせよ、卒業後も私はそれらを抱えて生きていかなくてはなりませんでした。そして私は卒業後の四〇年間にわたり、それらすべてをうやむやに誤魔化すことによってやり過ごしてきたのです。あなたに対して私が犯したありとあらゆることを全部なかったことのようにして、これまでの四〇年余りを私は生きてきました。だからこそ今の私の姿はとてつもなく醜いものなのでしょう。けれども一方では、生きるということはそのような醜い自己欺瞞に耐え続けることなのだと、開き直るようなことも可能なのかもしれません。もちろんあなたからすれば、仮に私がそのような態度を取れば、言語道断だと思われるかもしれませんし、逆にもう私のことなど完全に忘れていて、どうでもいいことなのかもしれません。そこの部分は一五年もの間、あなたと会うことも話すこともできなかった私には判断のしようがありません。

しかし既に持ち時間の少なくなった私にしてみれば、もうこの先もあなたとの過去を誤魔化し続けることは、精神の静かな安らぎからはるかに遠く耐えがたいものとなっています。

「私の過去を書きたいのです」

『こころ』の中で自ら創り出した〝高等遊民〟である主人公にこう言わしめたのは、大病を患った後の漱石でした。それをまねるわけではありませんが、私も私の過去を書きたいのです。それも、楽しい思い出はほんの僅かで、つらく苦しい係わりがほとんどであったあなたとの過去を書きたいのです。そして、あなたと私との間で紡ぎ出された過去を、望むらくはあなたと私との二人だけの視点から、もう一度読み解いていきたいのです。

この私の願いを、今のあなたは聞き入れてくれるでしょうか？

2 五月祭の夜

まず初めに、私たちの大学生活を後のほうから遡ってみましょう。あれは大学四年の五月祭直後のことだったと思います。はっきりとは覚えていないのですが、もしかすると五月祭最終日の夜だったかもしれません。

あなたと私は二人とも工学部の建築学科に籍を置いていました。専門課程も最終学年となり、私たちは連日、建築設計の課題に追いまくられていたころです。そんな忙しい大学生活最後の春に、全学挙げてのお祭りはちょっとした息抜きの時間だったのかもしれません。ほとんど記憶に残ってはいないのですが、私たちの建築学科でも何かパーティのような催しが学科内であったような気がします。誰がいてどのような雰囲気だったのか、そこで何が行われていたのか、今さら私には思い出すことができないのですが、この日の夕暮れ時あたりから私は次第にこらえきれない精神的苦痛に見舞われてきました。

それは、捉えどころのない心の痛みとなって、一秒ごとに私を切り刻んできました。どうしてそのようなことになってしまったのか、言葉に出して正確に伝えることも難しいのですが、たぶん何人かのクラスメイトにちやほやされるあなたの姿を見ていたからでしょう。数人の男子学生に囲まれて紅一点のあなたは、私からは離れた場所で柔らかな微笑みをかすかに浮かべていたようでした。

他に上手い表現が見つからず、安易に〝ちやほや〟などと書いてしまって申し訳ないと思います。けれども二二歳だった私の眼には、そのときのあなたの姿が私の手の届かない遥か彼方で、輝くばかりの青春を楽しんでいるように映ったのです。一言でいってしまえば、私の心の中の暗黒の闇でいつも燻ぶっていた耐えがたい嫉妬の炎が、この時のあなたの様子を見て、勢いを増して燃え広がったのでした。かなり以前から、私はあなたがあなたと同じ美術サークルの本庄と親密な関係にあることを知っていました。

あなたと本庄との関係が実際にどれほどのものであったのかは、当時の私にはまったく知りようがありませんでした。そして今現在でも私には、それについては何らの知識もないのです。ただ私たちは本庄も含めて三人とも、本郷に進学するにあたって僅か五〇人しかいない建築学科に進んだのです。あなたが〝建築志望〟であることは、この何年も前の高校時代から私は知っていました。そして教養での一年半余りの時期には、はるか遠くから眺めることしかできなかったあなたの姿を、建築学科では否応なく間近で見ることになったのです。そのことは私にとって、ただただ耐えがたい苦しみを心に抱え込むことに繋がっていたのです。

逆に本庄は、これまでのあなたと私との経緯についてほとんど知らなかったと思います。あなたがそれを本庄に伝えるとは、私にはとても考えられないからです。だからと言うわけではないのですが、この五月祭の夕べに私をいたたまれなくさせた嫉妬の向かう先は、本庄にではなく、幸せに満ち溢れているように見えたあなたそのものに向かいました。そしてそのことが、その夜私にとんでもない行動をとらせることになったのです。

学科のパーティを独りで抜け出した私は、悶々としたやりどころのない気持ちを抑え込みながら、早々と帰宅したはずです。このように書くのは、この時の私の精神状態がどんなものであったのか、自分でもまったく思い出すことができないからです。既に四〇年以上も前の遠い過去のことだからでしょうか。けれども、この数時間後のことは、今でも私は鮮明に覚えているのです。

この夜遅く、私は車を駆ってあなたの家に向かいました。あなたの部屋の灯はついていなくて、あなたがまだ帰宅していないということがわかりました。階下の居間は明るく、おそらくあなたのお母さんが、あなたの遅い帰りを待っていたのでしょう。私は、二階南向きのあなたの部屋の窓が見える住宅街の路地に車を止めて、その中でじっと待っていたのです。

この間の時間がどれだけの長さだったのか、またその間に私が独り暗い車内で何を考えていたのか、今となっては思い出すことも言葉にすることもできません。私はこの夜、あなたが何時帰ってきたのかはわかりませんでした。けれども、深夜の暗がりにあなたの部屋の灯が小さくともった時に、私は時計を見たはずです。その後しばらくして窓の明かりは消えました。それを見た私は、さらに待ち続けました。狭くて真っ暗な車内で、私は何を考えていたのでしょうか。数時間余り前の建築学科のパーティであなたの微笑む姿でしょうか。それともはるか昔の高校時代に、私にだけ見せてくれたあなたの微笑む姿でしょうか。

どれだけの時間が経ったのかは覚えていません。あたり一面が漆黒の闇と森閑とした静寂に包まれたころ、私は静かに車を出ました。家の玄関まで歩いて、さして高くないブロック塀を造作もなく乗り越えました。そして家の北側の勝手口から私は屋内に入りました。履いていた靴はどうしたのでしょう。全然記憶にはないのですが、決して土足で上がるようなことはしなかったことは確かです。私は音を立てないよう細心の注意を払って二階へ向かいました。階段を上がってすぐ左側があなたの部屋でした。

灯の消えた暗い部屋の中、あなたは自分のベッドで静かな寝息を立てていました。そして私は、ベッドに横たわるあなたの寝顔を、間近で静かに見つめていました。暗闇の中に僅かな光でうっすらと浮かぶあなたの瞼も頬も唇も、すべてがみな私の目の前にありました。

あなたが何時、自分を襲おうとする闖入者に気が付いたのか、さらにより本質的な問いとして、あなたが何時、それを私であると認識したのか、今でも私には知ることができません。ただ一つだけはっきりしている事実は、あなたが自分に迫る不届き者に最初に気が付いた時には、悲鳴のような大声を上げることは一切なかったということです。その瞬間、あなたはしばらく沈黙を守りました。

私はどれだけの時間、あなたの立てる静かな寝息を聞いていたのでしょうか。私が車中で描いていた様々な妄想は、この瞬間にはすべてが消失していて、なぜか私は、あなたの体に触れることはまったくできなかったのです。半年余り前にはそうではなかったにもかかわらず……。

どこかの時点で、あなたは私の気配を感じたのだと思います。そして瞳を開き、とてもゆっくりした動作で、あなたは自分の体を覆う薄い上掛けを引き上げて、その下に少しずつ自分の顔を隠し始めました。先に記したように、この時あなたは、何ら声を出して助けを求めるようなことはしませんでした。今振り返ってみれば、あなたはとてつもない恐怖を感じたはずです。それにもかかわらず、あなたは悲鳴を上げることもなく、大きな音を立てることもなく、ただゆっくりと顔を隠そうとしていました。この時既にあなたは、闇の中で自分を見下ろす黒い邪悪な影の正体が、私であるとわかっていたのだと思います。

あなたが私と気付いたのだとわかって初めて、私は低い小さな声で「この前の続きをしようよ……」と言いました。私がそう言ったことははっきり覚えています。この時の私は、嫉妬とか妄想とか激情とかという不安定な心理からは遠く離れていたと思います。そして私の言葉が意味することは、確実にあなたに届いていたはずです。しかしその言葉とは裏腹に、私はベッドの中のあなたに対して、何ら肉体的な行動をとることはできませんでした。

この間どのくらいの時間が過ぎたのかはわかりません。私が言った直後でしょうか、あるいは数秒後、あるいはもっと長い沈黙の時間があったのでしょうか。あなたは大きな瞳でまっすぐ私を見上げ、静かな落ち着いた声で囁くように「大きな声を出すわよ……」と口にしました。

一瞬にして、あなたは私を支配しました。

とても小さなその声はある種の力強さを伴って、私の胸を鋭く抉ったのです。私は何と答えたのでしょうか。「だったらどうなの……」とでも言ったのでしょうか。あなたはすかさず、より冷静になって「家の者が警察を呼ぶわ。あなたは捕まるでしょうね……」と言ったように思います。あなたの声は一言ごとに落ち着きを増し、それ以上に氷のような冷たさを漂わせて、私に対する軽蔑に満ちていたような覚えがあります。

あなたは何を考えていたのでしょうか。私を説得しようとしたのでしょうか。あるいは私を脅しつけようとしたのでしょうか。この後、あなたが私に何と言って、私があなたに何と返したのかは、思い出すことができません。けれども、あなたの声はとても小さく、目の前の私にしか聞こえないように配慮されていたと思います。部屋の中はもちろん、家の中も外も、物音ひとつしない森閑とした闇に包まれていました。隣の部屋にはあなたの妹さんが、そして階下にはお母さんが眠っていたはずです。

この時のあなたは、家族はもちろん他の誰にも知らせることなく、私を立ち去らせようと思ったのでしょう。けれども、仮に私が有無を言わせず力任せに、漆黒の闇の中であなたを組み敷いていたとしたら、あなたはどのような反応をしたでしょうか。理不尽な私の暴力に耐えて、あなたはまだ沈黙を守ったでしょうか。それともさすがに耐えることはできずに、あなたは叫び声を上げたでしょうか。私には答えられません。

しばらく続いた沈黙の後で、私は無言であなたの部屋を出ていきました。まさしく冷水を浴びせられ、すごすごと引き下がる負け犬のように、あなたの家を後にしたのです。おそらくあなたは、ひとまずはホーッとしたことでしょう。けれども私が去った後に、あなたが何を思い何を考えたのかは私にはまったく想像がつきません。しかし、そのまますぐにあなたが、安らかな眠りについたとも思うことはできないのです。

一方の私の脳裏には、この時ベッドの中から聞こえたあなたの冷ややかな声を打ち消すようにして、さらに四年余り前に、同じあなたの部屋の同じあなたのベッドの上で、私に微笑みかけてくれたあなたの笑顔が鮮やかによみがえっていたのです。あなたも私も一八歳を迎えた高校三年の夏のことでした。

この時の私の心の中がどのような働きをしたのかは、自分でもまったく判然とはしないのですが、少なくとも私は、そして望むらくはあなたも、闇に包まれたベッドの上で、互いに相手の理性の最後のひとかけらを信じようとしていたのかもしれません。

襲われたあなたが私に対してそのような理性を働かせてくれたと感じるのは、私のはなはだしい思い上がり以外の何物でもないのでしょうが、少なくとも私の中では、最後に残されたほんのわずかの理性が、それ以上の行為に及ぶことを踏みとどまらせたのだと思います。それが残っていたのは、一八歳のあなたが私にくれた天使のような微笑みが、決して消えることなくずっと私の心の中にあったからなのです。

3　大学三年の晩秋

大学生活最後の五月祭も終わり青葉がその色を濃くしつつあるころ、あなたと私との間でいくつかの事件が続きました。それらのどれ一つを取っても、思い出すたびに私の胸は疼くのですが、これらを語る前に、改めて、私が闇の中であなたに言った「この前の続きをしようよ……」について話しておくことにします。

私のこの言葉が意味したことは、明らかにあなたにとっては思い出したくもないことであり、心底耐えがたいことであったに違いありません。これから書こうとする大学三年の秋の夜の出来事をあなたが読めば、これまで抱き続けてきたであろう私に対する憎しみを、さらに新たなものとして何十倍何百倍にも増加させてしまうでしょう。けれども、もしかするとあなたはもう忘れているかもしれません。そうであってほしいと思うのは、あなたの身を、そしてそれ以上にあなたの心を、取り返しのつかないまでに傷つけてしまった私の、身勝手で浅はかな望みともいえます。しかし私には、あなたがこの夜のことを忘れているわけがないという、ズキズキとした重苦しい確信もあるのです。それもまた、この手紙の初めに記したように、あなたが私に叩きつけた「私の人生をメチャメチャにしたくせに……！」という悲痛な叫びが、決して消えることなく私の胸の中に残っているからなのです。

あなたにとっては言葉などでは表しようのない本当につらいことだったでしょう。ただ、私にとってもまた、激しい心の痛みを伴わずには振り返ることのできないことだったのです。ましてや、このようにあなたに宛てて書き記すことは、その一語一語に血のりが張り付き、自分の内腑が切り裂かれていくようなつらさを伴っているのです。けれども、もうあなたに対して誤魔化し続けていることのほうが、私にとってはより一層つらいものになりつつあることも確かです。今ではもう、捉え難くなったこの時の私の心の闇を、私はあなたに話すことによって、少しでも明らかにしておきたいのです。それがあなたに対する償いになるとは決して思ってはいませんが、正直という普遍的な道義をたとえ僅かではあっても、あなたに対して守りたいと思うからです。

それは前記の五月祭の半年余り前、私たちが大学三年だった一九七九年の秋のことでした。建築学科の専門科目はどれもみな佳境に入り熱を帯びていました。中でも建築設計の課題はもっとも比重が高く、息をつく暇もないほど、エスキースや模型製作に誰もが追いまくられていました。

当時の三年秋の課題は「集合住宅」がテーマでした。五〇人ほどのクラスメイトが三人ずつのグループになって、本郷周辺から自由に敷地を選定してそれぞれの地域に合わせた集合住宅を設計するという内容だったと思います。古い手帳を見ると、出題は夏休みの明けた九月一一日火曜日のことでした。私は建築学科に進んだころから親しくしていた仲間五人と集まり、その中で三人ずつのグループに分かれました。私と一緒になった二人はどちらも気の置けない快活な学生でした。

この時あなたが誰とグループを組んだのかはまったく覚えていません。あなたのグループに本庄がいたかどうかも、またあなたのグループがどのような作品を設計したのかも、全然思い出すことができないのです。

私たちのグループは分かれたもう一つの仲間のグループと一緒になって、早くから製図室の一角を占拠して自分たちのアトリエにしていました。ほとんどの時間をそこで過ごし、互いに議論を重ねエスキースをし合いながら設計を詰めていきました。そして締め切りまでの二か月に及ぶ長い設計期間のかなり早い時期から、私たちのグループは製図室で寝泊まりするようになっていました。作品の発表や講評を行う製図室のラウンジがロッカーで区画されていて、私たちは思い思いに机を並べ製図板を敷いて、パーティションで区切って簡易ベッドのようなものを作っていたのです。

自宅まで徒歩圏だった私は、真夜中にキャンパスを囲うレンガ塀を乗り越えることがたびたびありましたが、この仮設宿泊スペースで夜を明かすことは、初めのうちは少なかったかもしれません。しかし一〇月も半ばを過ぎて課題提出の〆切（それは一一月一四日水曜日でした）が近づいてくると、次第に他のグループのメンバーもそこで寝泊まりするようになってきました。もちろん簡易ベッドとなり得るスペースは五〇人分あるわけではなく、それぞれのグループ同士で交互に融通し合いながら、交代で仮眠をとっていたと思います。三人で一つの作品を仕上げるためには、学校で毎晩合宿のように寝泊まりするのが極めて当然のことだと、私を含めてほとんどの学生たちは理解していました。

そのような状況の中であなたはどうしていたのでしょうか。一学年五〇人ほどの建築学科の中で、女性はあなたを含めて二人しかいませんでした。あなたともう一人の女子学生が、こんな男ばかりのむさくるしい合宿所まがいの環境でどのように過ごしていたのかは、私の記憶に残ってはいません。ただ一つだけ、当時のささやかな淡い思い出が私にはあるのです。

その日私は車で来ていました。おそらく、課題で使う模型材料か何かの大きなものを運び込む必要があったのかもしれません。あるいは深夜遅くなっても久しぶりに家に帰って、たまには風呂に入ろうと思っていたのかもしれません。そしてその日の夜遅く、図らずも私は自分の車で、あなたを自宅まで送っていくことになったのです。どのような経緯があったのかはまったく覚えていません。いつの日のことだったのかも、正確な日付はまったくわかりません。当時の手帳には、先に記した課題出題日と〆切の日付以外は、その間の二か月余りがすべて空白のままでした。けれどもあなたのほうから私に、家まで送るように要請したわけではないことは確かです。

私たちから一回り後の世代の女子学生は、バブル経済に浮かれる日本社会の中で、何人もの男子学生を〝アッシー君〟として彼の車で送迎させることが流行ったそうですが、七〇年代末のこの時期、そのような社会の悪習は未だ存在せず、それ以前のこととして、あなたが私に対してそのような要求をすることなど、あり得るはずはなかったのです。

大学入学の前後から私たちの関係は疎遠なものになっていて、さらに本郷に進学するころは、あなたの隣にはいつも本庄がいました。そしておそらく、あなたの心の中には私の占める余地は一片たりとも存在しなくなっていたと思います。しかし私の心の中は、あなたのそれとはまったく異なっていました。高校時代にあなたから得たものを、この時もずっと引きずっていました。それが何であるのか、そしてどうしてそんなことになってしまったのか、今に至るも私は正確に言葉で表現することができないのです。初めにも書いたように、それを見つけて嘘偽りなくあなたに伝えることが、この手紙を書いている目的でもあるのです。

おそらくこの時、私は製図室の慌しい空間越しに、あなたが帰り支度をしているのを目に止めたのだと思います。そして私は、あなたが地下鉄と私鉄を乗り継いで家に帰るのにどれだけの時間がかかるのかを、正確に知っていました。建築学科のある工学部1号館は本郷の駅からはとても離れています。ターミナルで乗り換えた私鉄は、あなたの家の最寄り駅には各駅停車しか止まりません。その駅を出てから広い幹線道路を渡り、あなたの家までは徒歩で一〇分くらいかかるでしょう。

はるか昔、あなたが初めて私を自宅に招いてくれた時に、二人で乗った電車が一つ手前の駅で急行の通過待ちのために停車しました。この時あなたは「あと一駅なんだから走ってくれればいいのにね。すぐあそこに見えているのよ」と言いながら、私たちが降りる駅のほうを指差していました。

そんなささやかな幸せに満ちた過去を、この時の私が思い出していたのかどうかは覚えていません。けれども、夜遅い時間帯に暗い住宅街の小路をあなた一人で帰すに忍びない、というようなことを私は思ったのかもしれません。私は、製図室を出ていこうとしていたあなたを呼び止めました。そして振り返ったあなたに「車あるから、よかったら送るよ」と声をかけました。断定的に書いていますが、本当に私がこんな言葉を口にしたのかはまったく定かではありません。しかしながら、私のほうからあなたを誘い、あなたはそれを受け入れ、あなた自身の意思でこの夜遅く私の車に乗ったということは、まぎれもない事実なのです。

入学してすぐに運転免許を取得した私は、この日までの二年半余りの間に、何人もの女性を自分の車に乗せていました。音楽サークルの合宿で碓氷峠を超えたり、首都高を飛ばして横浜の夜景を見たり、長瀞までドライブしたりと、二〇歳前後の私はその年代の若者が送るごくありきたりの学生生活を、それなりに楽しんでいたことは確かです。そのうちの何人かは、あなたもよく知っている高校時代からの私の女友達でした。もちろん同じ時期につき合っていたわけではありませんが、私が女性一人を車に乗せて運転することに不慣れだったということもありませんでした。

けれども今落ち着いて振り返ってみても、狭い車内にあなたを隣に乗せた私が何を考えていたのかは、自分でもまったく思い出すことができないのです。私が浮かれているようなことは決してありませんでした。あなたの心が私から遠く離れていたことは、よく理解していました。それにもかかわらず、この時あなたは私の誘いを受け入れてくれました。それはどのような理由からでしょうか。単にあなたは、現実的な功利主義的判断をしただけなのでしょうか。そして何よりも私の隣で、あなたはどんな気持ちでいたのでしょうか。

夜の国道は空いていました。おそらく二〇分もかからないで、あなたの家の前に着いたはずです。この間、私はあなたとどのような会話を交わしていたのでしょうか。お互いにまったく無言のままだったとは考えられません。しかしながら今、必死になって過去の記憶を掘り返しても何も得られないのです。

私が運転席を降りて、外から助手席のドアを開くようなことはしませんでした。あなたは自分でドアを開けて車を降りました。もしかしたら「ありがとう」という一言を、私にかけてくれたかもしれません。私はフロントガラス越しに、あなたが自宅の玄関に入っていくのを見守っていました。

来た道を引き返していく車内で、私がどんな気持ちでハンドルを握っていたのかも、全然思い出すことはできません。そして今でも残る事実は、あなたが私の車の助手席に座ってくれたのは、後にも先にもこの夜ただ一回だけだったということです。

長々とつまらないことを書いてしまったかもしれません。けれども、当時はまったく気付くことのできなかったあることが、今頃になってしきりに私の胸を疼かせるのです。それはあの夜、あなたが自分の意思で私の車に乗ったという事実が物語ることです。二一歳の私には、その瞬間まったく意識にも上らなかった極めて重要なその意味が、こうしてあなたに宛てて言葉にすることで、初めて私にも理解することができたのです。

あなたは私の誘いを断ることもできました。高校からのつき合いがあったとはいえ、既に以前のような関係は、あなたと私との間では失われていました。そのような相手と夜遅く、若い女性が一人でその男の車に乗るということは、もしかするととんでもないリスクを抱えるということになりかねません。たとえば、女性を乗せたまま人気のない場所まで車を走らせることは、男にとってはいとも簡単なことでしょう。けれども助手席に身を沈めたあなたには、そんな恐れや不安を感じている様子はまるでなかったと思います。もしかしたら、表に出ない微かな緊張感があなたの心の中にはあったのかもしれませんが、それを感じさせるような素振りは、あなたには見られませんでした。かえって、自分から誘ったにもかかわらず私のほうが、狭い車内であなたと二人きりになるということに、内心では相当緊張していたのかもしれません。

今になってようやく私は気付くことができました。それまでにどのようなことが私たちの間にあったとしても、この大学三年という時期においてもあなたの心のどこかには、たとえ微かなものであったとしても、私に対する信頼というものが残されていたのだということなのです。これは私の自分勝手な独りよがりの思い込みなのでしょうか。

私の申し出を受け入れ、自ら助手席に座り、私と二人だけで過ごしたこの半時間にも満たない時の中で、あなたの心が何を思っていたのかは私の想像の及ぶところではありません。ただ少なくともあなたは、私に対して身の危険を感じるようなことはまったくなかったのだと思います。仮にほんの僅かでもそのような疑いを抱いていたのであれば、あなたが私の車に乗るはずもないからです。つまりこの日の夜、あなたが意識していようといまいと、あなたの心の奥底には私を信じてくれていたかつてのあなたがいたのだと思うのです。

このように考えてしまうのも我儘な私の〝幻想〟でしょうか。たとえ今でもあなたがそういって切り捨てたとしても、私からすれば〝幻想〟であったほうがよっぽど楽なのかもしれません。それというのも、この時まではかろうじてあなたの内面に私に対する何かしらの信頼が残っていたのだと、私が気付くことができたのは、愚かにも当時から数十年も経過した最近のことだからです。

「それゆえに」として責任を免れることはできないし、「どうして」という根本的な理由も今に至るもつまびらかにできてはいないのですが、あなたを家に送り届けた夜から数日後の深夜、私はあなたに対して取り返しのつかない罪を犯してしまいました。そのことにより私は、微かに残っていたあなたからの信頼という最後の宝物を、自ら放り出すことになってしまったのです。

なぜ私はそんなことをしでかしたのか。単に目の前にその機会が転がっていたからなのか、あるいはただあなたを独占したかったからなのか、それともあなたを〝メチャメチャに〟壊してしまいたかったからなのか。この時私の心に灯った鬼火のような怪しい揺らめきは、卑しい肉欲なのか、愚かな幼児性なのか、それとも下劣な破壊願望なのか、私には未だに摑みどころのないものなのです。したがって、今から四二年も前の大学三年の秋の終わりに、二一歳の私がどのような理由でこんなことをしてしまったのかは、六三歳にもなった現在の私でもきちんとした言葉であなたに示すことができないのです。

集合住宅の設計も提出の〆切が近づき、製図室内は昼夜を問わず熱気を帯びてきました。各グループの学生たちは交代で仮眠を取りながら、図面を描いたり模型を作ったりと必死になっていました。そのような状況下では、あなたも自宅との間を往復する時間が取れなくなったのでしょう。建築に対して人一倍真剣に取り組んでいたあなたは、ついに製図室で夜を明かすようになりました。とはいえさすがのあなたも、男子学生ばかりの仮眠スペースで雑魚寝をするようなことは憚られたようです。

1号館中央の三階にあった製図室のすぐ上の最上階に、建築学科の図書室がありました。当然夜間は締め切られていましたが、その入り口の前の部分、階段を上がった一番上の踊り場が四畳半ほどのスペースになっていて、そこに古い三人掛けのソファが置かれていました。小柄なあなたにとっては充分な長さのベッドになります。夜中にそんな場所に上がってくる者などはいるわけはなく、〆切が近づくころから、あなたはそこで仮眠を取るようになっていたのです。そのことをいつ私が知ったのかは思い出せません。けれどもその晩も、小さく丸めたシュラフを胸に抱えたあなたが一人で製図室を出たのを、私は見ていたはずです。

その後小一時間くらい経ってからでしょうか、既に真夜中を過ぎていたころ、私はチームメイトに「ちょっと一、二時間寝てくる」と言って製図室を抜け出しました。ラウンジへ行くふりをして薄暗い階段室へ向かい、その幅の広い一段一段を音を立てないように細心の注意を払いながら、私はゆっくりと上がっていきました。たどり着いた図書室前の踊り場は闇につつまれていました。私はソファがあるはずの場所に静かに近づき、暗闇に目が慣れるまでしばらくじっとしていました。階段室のガラス窓を通して下から外灯の光が微かに差し込んでいて、高い天井を少しだけ照らしていたはずです。そのわずかな光を頼りにして私はソファの前に膝をつきました。そして少し上体を倒してシュラフにくるまるあなたを覗き込みました。顔を近づけると、目を閉じて安らかに眠るあなたから、規則的な寝息が微かに聞こえたような気がします。一日中設計課題に追われ疲れ切っていたあなたは、深い眠りの中にいました。それを確かめた私は、あなたの胸の上まで閉じていたシュラフのファスナーをゆっくりと開いていったのです。

僅か一メートル余りのファスナーを下ろすのにどれだけの時間がかかったのでしょうか。私の記憶には残っていません。腰の下までシュラフが開かれても、あなたは聞こえるか聞こえないかくらいの静かな寝息を立てていました。私は徐にあなたの腰のベルトのバックルを外しました。そしてジーンズのボタンもそうっと外したのです。おそらくその時の私は自分の一つ一つの動作のたびに、あなたの寝顔を確認していたでしょう。あるいは私の眼は薄暗がりの中で、ずっとあなたの寝顔を見つめていたのかもしれません。そして私の手は、背徳の行為をさらにエスカレートさせてしまいました。

外したボタンのすぐ下からはジーンズのジッパーが固く閉じられていました。私は指先でそれを探り当てて、再びゆっくりとジッパーを下ろしていきました。依然としてあなたは眠りの中でした。あなたはどんな夢を見ていたのでしょう。もしかすると、そんな余裕はないくらいにこの日の設計作業で疲れていたのか、あるいはこの後に続いて起こった、あなたからすれば屈辱ともいえる出来事を、悪夢として先取りしていたのでしょうか。ようやくジーンズのジッパーを下まで開いた私は、ゆっくりと少しずつあなたのシャツの裾をたくし上げました。そしてそうっと、本当そうっと、私の身勝手な感覚からすれば、細心の注意を払い最大限の優しさを込めて、自分の指先をジーンズの下のあなたの柔らかな下腹部へ、静かに差し入れたのです。

その瞬間、研ぎ澄まされていた私の耳が、あなたのほんの微かな声を捉えました。それは、ほんとうに小さな囁くような声で「いやっ、いやっ……」と聞こえました。私はハッとして急いで自分の手を引っ込めたのです。明らかにその急激な動きのためでしょう、この時あなたははっきりと目を覚ましたのだと思います。そしてその後に続いて起きたあなたの一連の動きについては、私はまったく思い出すことができていません。私が気付いた時には、あなたはシュラフを抜け出し、踊り場の隅の壁を背にして床にくずおれていました。ほとんど光のない暗闇の奥で、あなたは必死になって涙をこらえているようでした。必死になって泣き声を漏らすまいと耐えているようでした。そして何故かは今もってわからないのですが、私自身はそれ以上一歩も動くことはできずに、暗がりから射るように刺すあなたの視線に、ただ耐えていたのだと思います。

この間にどのくらいの時間が経過していたのかはまったくわかりませんでした。あなたと私との間には一メートルほどの空間があり、そこではもしかしたら、本当に小さなすすり泣きの声が闇の中に吸い込まれていたのかもしれません。

この間に私の心が何を思い何を感じていたのかも、今となってはまったくわかりません。そして当然のことながら、この時の私には自分が犯した罪について、そしてそのことが意味する致命的な結果についても、まったく認識することはできませんでした。そして悔やんでも悔やみきれないことなのですが、この時の私には、泣き崩れたあなたの気持ちをほんの僅かでさえも思いやることはできませんでした。

それ以上の卑劣な行いは何もすることができず、私はあなたに背を向け、暗い階段を下りていきました。そしてまさしく何事もなかったかのようにして、グループの仲間のところへ戻りました。しばらく後のことでしょうか、私は製図室の反対側であなたが本庄の傍らにいるのを、視野の片隅で見ていました。

この半年余り後、私たちが四年になったときの五月祭最終日の深夜に、私があなたの部屋であなたに向かって「この前の続きをしようよ……」と言ったことの中身とは、私から見ると以上のようなことだったのです。

4　些細な幕間劇

大学三年の秋から冬は、私のあなたに対する卑劣で卑怯極まりない行為のほかには、私たち二人の間に、語るべき内容を伴う事例はほとんど何もなかったと思います。グループ設計の期間は別として（あるいはその間も含めて）学校でのほとんどの時間を、あなたは本庄のそば近くで過ごしていたはずです。この時点で私には意識することのできなかったあなたの内面における変化は、表向きは、教室や製図室での私の存在を完全に無視するというあなたの冷たい態度に、如実に表れていました。先にも記したように、この時まではかろうじてほんのわずか残されていたと思われるあなたの私に対する気持ちには、信頼感という正の部分はすべて消滅していたでしょう。反対にあなたの私への感情は大きく負の側に傾き、私に対する軽蔑やさらに憎しみさえも加わっていたのかもしれません。そして愚かにも私は、そんなあなたの心の中を全然理解することはできず、たとえ僅かでもあなたの気持ちを思いやることは、私にはまったく不可能だったのです。

　このころの私はただひたすら設計課題に打ち込んでいました。他の科目、例えば材料工学や施工などの授業は見向きもせず、友人たちに代返を頼んでその時間もエスキースに明け暮れていました。設計だけは常に一番でなくてはならないと、私は強く自分に言い聞かせていました。あなたに対してはもちろん、本庄にも仲の良い友人たちにも、この点だけは絶対に負けるわけにはいかないと私は独り強固に思っていました。

　これには私なりの理由がありました。

　それがいつだったのか、今ここではっきりとはしませんが、おそらく私たちが大学に入学した直後のことだったと思います。あなたは駒場キャンパスのはずれで、何回か私と二人だけで話す機会を与えてくれました。そのうちのいずれかであなたは私に対して「建築なんていわないでよ」と言ったのです。高校を卒業し大学入試の結果が判明するまで、あなたはまさか私があなたと同じ大学の同じ科類に来るとは思ってもみなかったはずです。高校三年の秋以降、あなたと私は二人で会うことはもちろん、互いに少しでも言葉を交わすこともまったくありませんでした。したがって、私が急に進学先を変えたことを、あなたは知る由もなかったのです。

　あなたの冷やかな言葉に対して、私は「自分に自信がなかったらそんなことはしないよ。建築でもやっていける自信くらいあるよ……」と言い返した記憶があります。この前後のこと（大学入学直後からのこと）は後でまた触れるかもしれませんが、私は直接あなたにそういって見栄を張った以上、建築学科では、殊に設計に関してはいつでも一番でいるつもりでいたのです。

大学四年の五月祭以降の話に戻る前に、もう一つだけ些細な思い出を聞いてください。これについても私にははっきりとした日時はわかりません。場所はまったく人のいない製図室の中だったので、三年になってからのことであることは確かです。しかし、夏休み以降秋からは前に記した集合住宅の課題が始まっていたので、それよりも前の三年の春のいずれかの時期だったと思います。二年間の教養課程を終えてほとんどの学生が本郷へ進学した直後のことでしょう。

ある朝あなたは、それまであった長い髪を切って学校に現われました。肩の下まで伸ばしたあなたの長い髪、初めて会った高校時代からずっと変わることのなかったあなたの長い髪。それは小ぶりなあなたの頭の左右から柔らかな両耳の上を通して、細いうなじを被う真ん中の髪の上、頭のちょうど後ろ側で束ねて一つに合わせて背中におろすという髪型《ヘアスタイル》でした。私はあなたのこの髪型を何と呼ぶのかは知りません。しかし私にとってあなたの長い髪で形づくられたこの髪型は、あなたそのものを象徴していました。

あなたが髪を切ったことにいつ私が気付いたのか、その瞬間、私が何を感じてどのような態度を取ったのか、それらのどれをとっても私には思い出すことができないのです。そして、私がそのことに気付いたとあなたがわかったときに、私に対してあなたが何を感じてどう思ったかについても、当然ながら私にわかるはずもありませんでした。

大学に入って既に二年数か月余りが過ぎたこの時点では、もうあなたの中には私へのほんの僅かの関心すらなかったのかもしれません。あるいはただ単に、専門課程の学業に多くの時間を割かねばならず、女性のあなたにしてみれば自分の長い髪を毎日手入れすることが煩わしくなっただけなのかもしれません。あなたとまったく言葉を交わすことのできなかった当時の私には、髪を切ることに決めたあなたの心の中を推し量ることなどまったく不可能でした。もしかしたら少しでも時間的制約を回避するためだけだったのかもしれない……と私が気付いたのは、冷静に過去を振り返ることができるようになってきたごく最近のことなのです。けれども、二一歳になっても未だに思春期を抜け出せなかったあのころの私は、髪を短く切ったあなたの姿に何かしらの底知れぬ重大な意味があるのではないかと、無意識のうちに感じていたのかもしれません。

女性の髪に何らかの憧れを抱くのは、世の中の男なら誰しも一度は経験することでしょう。まして、それまではロングヘアだった女性が突然ショートカットになって目の前に現れれば、そこに何らかの意味を見出そうとしてしまうのは、つまらぬ男の性《さが》なのかもしれません。暑くなったから、シャンプーが面倒だから、ちょっと気分を変えたいから……男である私には、それら幾多の乙女心の微妙なニュアンスなどわかるはずもないのです。それにもかかわらず若かりしころの私は、あなたに出会って共に過ごした日々が重なるにつれ、いつかあなたの長い髪にこの手で触れたいと思っていたことは確かです。

けれども、先に私が〝些細な〟といったことはあなたの髪のことではありません。それはあなたが髪を切って少し後のある朝のことだったと思います。既に一限目の授業が始まっていた時刻かもしれません。製図室内は無人で、設計以外の科目にはさして重きを置いていなかった私は、授業には出ないで独りで何かスケッチをしていたのかもしれません。そんな私の横を、小走りであなたがすり抜けようとした時です。少しでも遅れずに授業に出ようとしていたあなたの腕を、私はいきなり掴んだのです。無理やりあなたを引き止めた私はこう言いました。

「化粧なんかするなよ……」

キッとした鋭い視線を私に向けたあなたは、すぐさま「あなたには関係ないわ！」と言い返し、手首を摑んだ私の手を強く振り払いました。そしてすぐに私に背を向け、教室のほうへ走っていきました。

たったこれだけのことです。ほんの数秒足らずのことでした。あなたの記憶には残っているでしょうか。取るに足らないどうでもいいこととして、あるいは私に関することはみな汚らわしいこととして、すべて忘却の彼方へと捨てられてしまったのでしょうか。

この朝のあなたは、わずかにうっすらと化粧を施し、その唇にもほとんどそれとはわからない自然な色のルージュを引いていたのです。高校時代の素顔のあなたしか知らない私には、自分の目の前を通り過ぎる少し大人びたあなたの横顔が、どうあっても許すことのできないものに思えたのです。

そのころの流行り歌にもありましたが、「時がゆけば幼い君も大人になると気付かない」私がいたことは確かです。あなたのことを〝幼い〟とたとえることはまったく当たらないということは自分でもわかってはいますが、同い年のあなたが一人で先にどんどんと〝大人〟になっていくことを目にするのも、私には耐えられなかったのだと思います。

少年少女の面影を残す十代前半の思春期の入り口にある子どもたちの場合、女の子のほうが同年代の男の子よりも数段大人びていると言われています。単なる俗説かもしれませんが、児童心理学上でも一二～一三歳の小学校卒業前後の女の子たちは、個人差はあるにせよ、同級の男の子たちよりはるかに精神的発達が進んでいるそうです。逆に男子は、中学に入りようやく体格も大きくなり体力もついてきますが、その心の中は、これも個人差はあるでしょうが、幼いころのままのことが多いようです。

他の人のことはいざ知らず、少なくとも私自身は大学三年のこの時点でも、依然として自分以外の外部を客観的に見ることはできず、ばかげた幼児性からずっと抜け出せないでいたのだと思います。それだけが原因というわけではありませんし、そのことをもってあなたに対する言い訳にするつもりは毛頭ありませんが、その場その場の衝動で行動し、自分に楽な選択しかしてこなかった私であったことは間違いありません。

おそらくそのことも理由の一つかもしれませんが、私から去っていったあなたに対し、私は大学時代の四年間を通していくつものあなたの意に反する行いを繰り返してしまいました。そのくせに私は、あなたの髪が長いときにもあなたが髪を短くしたときにも、あなたの髪に触れることができたためしは一度もなかったのです。

5 私的制裁

いろいろな過去の出来事について回り道をしましたが、もう一度、一九八〇年の私たちが大学四年だった五月祭の夜からのことに戻りましょう。

この前年、一九七九年の晩秋、三年の集合住宅の課題期間中に私があなたに対して犯した罪は、まったく表沙汰になることはありませんでした。これは私の一方的な想像ですが、この件により、私はかすかに残っていたあなたからの信頼を完全に失い、それが軽蔑の視線に取って代わりました。あるいはあなたからすれば、私に対しては蔑視すらも値しない完全なる黙殺だったのかもしれません。

これらについては前述の通りですが、もう一点この件により生じたと思われる変化もありました。三年の冬から四年の春にかけて、おそらくあなたは急速に本庄との距離を縮め、周囲にそれとはわからないようにしながらも親密度を高めていたのだと思います。同じクラス内で私は、あなた方の様子を極力見ないように努め、これまで以上に必死になって設計課題に取り組んでいました。たぶんそうすることによって、私は自分の心の平衡を何とかして保とうとしていたのでしょう。

初期の『倫敦塔』などの幻想的な短編や『坊ちゃん』『猫』などを除いて、『三四郎』以降の漱石は、男女間の愛憎を様々な角度から描いてきました。多くの場合そこにはいわゆる「三角関係」というものが織り込まれていて、状況の変化に応じた、あるいはそれに翻弄される登場人物の心理描写を微細な部分まで表現していました。「三角関係」をより複雑にする他の人物設定が付加されていることも多く、彼の小説を読むたびに、主人公やヒロインの内面の揺らぎが私の強い関心を惹いていました。『道草』は、漱石自身をその生い立ちから自伝的に描いた作品として有名ですが、それ以外の作品でも、それぞれの主人公はみんなその時の漱石の分身だったのではないかと、私には感じられるのです。

だからといって今ここで私は、あなたと本庄との間に無理に私を割り込ませて、ありきたりの「三角関係」として話したいわけではありません。前にも書いたように私はこの手紙で、私の過去を、それもあなたとのかかわりのあった過去を書きたいだけで、他の第三者については極力触れないようにしてきました。当時の私自身の感情を今こうして振り返ってみても、私の苛立ちや抑えがたいやるせなさは本庄に向かうことはなく、すぐ近くにいる私に何の関心も払おうとしないあなたに向けられました。これを嫉妬と称していいのかは定かではありませんし、三角関係と呼べるものでもなかったと思います。実際に建築学科での二年半余りの期間で、私の想いのほとんどはあなたに向けられていて、それゆえに三年の秋も四年の春も、私の抑え切ることのできなかった感情の暴発がすべて直接的にあなたに向けられたことは、これまでに書いてきた通りなのです。

三年の秋には私に対し何ら表立った反応を示すことのなかったあなたも、四年の五月祭の後では違いました。深夜にあなたの部屋に忍び込み、ベッドの中のあなたを襲った日から数日後のことでした。学校で私はあなた方から呼び出しを受けました。あなた方と書いたのは、あなた一人からではなく、他に二人の男子学生がいたからです。一人は本庄でもう一人は富城というやはり美術サークルでのあなたの友人でした。そしてご丁寧にも、あなた方はもう一人私と仲の良かった村松も一緒に呼んでいたのです。

この時のあなたの心の中はどのようなものだったのでしょうか。当時二二歳になって間もない私には、それを推し量る精神的余裕はまったくありませんでした。今長い時を経た後に、あの日のことを思い出しながら私なりの勝手な推量をすれば、あなたは自分に対して傍若無人な振舞いを繰り返す私のことがとうとう許せなくなったのでしょう。クラスの中で私の存在を黙殺するだけでは私に対する怒りを収めることはできなくなったのでしょう。そして私からの攻撃を避けるために逃げるのではなく、ついにあなたの側から直に行動に出たのだと思います。

おそらくまずあなたは本庄にあの夜のことを打ち明けたのでしょう。三年秋の時にも、すすり泣きを堪えたあなたが製図室の本庄のもとへ行った姿を、私は見ていました。その時にあなたたち二人の間でどのような会話がなされたのかは、私は知る由もありません。この時点ではあなたからは何の反応もありませんでした。けれどもそれから半年余り後の真夜中、自分の寝室に侵入してきた私に対して、あなたは何の報復もしないというわけにはいかなかったのでしょう。たぶんあなたは、その気持ちを前回と同じように本庄に伝えたはずです。ここまでは私の憶測ですが、それほど大きく間違っているようには思えません。けれどもこの先に関しては私には何の手がかりもなく、どうして富城までもが関係してきたのかについては、知りようがありませんでした。もともとから私は、あなたと私の二人だけの過去について書きたいのであって、それ以外の他者についてはは極力介在させたくはないのです。したがって、あなたと他の二人との関係があなたの内心に関わることなのであれば、もしかすると私にとっても非常に重要な問題の一つかもしれませんが、これ以上の当て推量は差し控えます。そしてこれまでと同じように、この件についても、私が経験した過去の事実だけを書いていくことにします。

あなた方が私の友人村松を呼んだ理由については、確かあなたが自分から私に「私たちが三人なのに相手があなた一人では……」というようなことを言っていたような覚えがありますが、正確な記憶は残っていません。ただあなたが私に「あなたの友達で一番仲がいいと思える人が村松さんだったから……」と口にしていたと思います。もしかすると富城が頻繁にあなたの言葉を補っていたかもしれません。それに比べて本庄が口を挟むことはそれほど多くはなかったと思います。村松を呼ぶことを最初に提案したのがあなた自身なのか、それとも富城なのか本庄なのかは私には知りようがありませんでした。ただ今改めて考えてみると、五〇人ほどの建築学科の中で、あなたは極力私を避けようとしていたにもかかわらず、交友関係を含めて私のクラス内でのふるまいや立ち位置を冷静に見ていたのではないかと気付きました。

そしてある意味でそれは、私の意図することでもあったのです。先にも記したように、私はクラス内で建築設計に関しては、何が何でも絶対に一番を譲るつもりはありませんでした。作品発表や講評の場でも他を寄せ付けない図面や模型をプレゼンテーションして、常に注目を集める存在でありたかったのです。それもこれもすべて、私という人間そのものをあなたに見せたいがためだったのです。理由に何であれ、建築を選択した私がそれで十分やっていけるということを、私はあなたの目の前で証明し続けなくてはならなかったのです。したがって私は、建築に対する純粋な情熱から設計に打ち込んでいたとはいえなかったのです。もちろんそれがまったくなかったわけではありませんが、私の中には明らかに、あなたに見せる、ということが設計に集中した理由の大きな部分を占めていました。そして今ようやく私は、このような当時の私の心中の隠された意図を、人知れずあなただけが、あなたの繊細な心だけが、まごうかたなくはっきりと感じ取っていたのではないかと、気付くことができたのです。

私は村松とは音楽サークルの関係で、教養時代の早い時期から知り合いでした。一緒にバンドを組んだことはありませんでしたが、私はギターで村松はベースでした。あなたが見て取ったように、卒業後も私と村松とは交流が続き、私が独立して設計事務所を構えた後は、彼と協同していくつかのプロジェクトを竣工させたこともあります。

私からすれば、この時のあなたからの呼び出しに村松がいようがいまいが大きな違いはなかったと思います。そんなことよりも私には、あなたが何故富城にも声をかけたのかが理解できませんでした。この呼び出しが、五月祭の夜に人としてあるまじき行為を犯した私に対する弾劾裁判であることはすぐにわかりました。そしてその場に本庄がいることも理解できます。あなたは本庄にはすぐに打ち明けたでしょう。けれどもどうして富城にまで話したのでしょうか。そのうえ私の弁護人としてわざわざ村松まで招集したのです。
会談の初めでしょうか、あなたは、私との一対一では「物理的暴力には勝てないから」という意味のことを言っていたような気がします。女性としてそう感じるのは当然でしょうし、それ以前のことととして、私は実際に二回もあなたに対して直接的な背徳行為を試みました。まぎれもない犯罪行為でした。私の口からいえることではありませんが、これらについて思い出すたびに、瞬時に私の精神的安定は失われ、心の中が張り裂けそうになります。さらに言えば、被害を被ったあなたにとっても、もしかすると当の昔に忘却の海に沈められたこれらの禍々しい過去の出来事を、こうしてその加害者である私から書き送られるということは、古い記憶を呼び覚まされ新たな苦しみを味合わなくてはならないことになるのかもしれません。

おそらく検察官役だったと思われる富城は、初めのうちは優し気な言葉で、私に理由を問いただしていたようです。それに対して私は適当に答えをはぐらかしていました。本庄も時々口を挟んだこともあったようです。曖昧な表現にしかならないのは、富城が言っていたことも本庄が口にしたことも、今の私の記憶にはまったく残っていないからです。しかし一つ私が覚えていることは、たぶん富城が村松に対して同意か何かを求めた時に、村松が言ったことです。

「今どき夜這いなんて高校生でもやってることなんだから、大したことじゃないよ」

断っておきたいのですが、私はこの法廷に村松が来ることは知りませんでしたし、当然、前もって彼に私を弁護するように依頼したこともありません。おそらく村松はこの時初めて私の罪状を聞かされたのでしょうし、それに対し、それまで培われた村松自身の感性に基づいて、そのままを返答したのだと思います。

村松が〝夜這い〟という語句を使ったことを私ははっきりと覚えています。しかし、これを聞かされたあなた方三人の反応がいかなるものであったのかは、記憶としても想い出としてもまったく私の中には残っていません。私にすれば他の二人はどうあってもいいのですが、この時のあなたが何を思い何を感じていたのかについて、私に思いを巡らせる能力がなかったことは今でも悔やまれます。なぜなら二つの事件とも、事の中身はあなたと私との間でのことだったからであり、今から考えれば、私たち二人がそれぞれ相手の心の内を、どこまで想像して読み取ることができたか否かに関わっていたからです。

昼下がりの三～四時間が緩慢として過ぎていきました。村松は誰にともなく、ただ私の名前はつけて「もういいだろ？　オレそろそろ行かなきゃいけないから……」と言って席を立ちました。四人になってからも私は適当なことをいって、のらりくらりと富城の追及をかわしていたのだと思います。ただ一つだけこの時に自分でいったことを私は今でも覚えています。どのような文脈の中でかは忘れましたが、私は「これまでに自分が得たものを何一つ失いたくはない」と言ったのです。この時明らかに私は、それまでのあなたとの過去を念頭においていたはずです。しかしながら今この瞬間でも、この言葉はまったくその言葉通りの意味を保って、私の中では生き続けているのです。もちろんそこにはあなた以外のあらゆることも含まれてはいるのですが……。それらもすべて含めて、私はこれまでに私の心と体に起きたあらゆることを忘却に任せたくはなかったし、今でもその気持ちに何の変わりもないのです。あなたはこの時の私の言葉を覚えているでしょうか。

宵闇の迫るころ、私たちは席を変えました。場所はうろ覚えなのですが、菊坂の入り口を少し下ったところにあった居酒屋の暖簾をくぐったはずです。

酒をたしなむことのない私は、出されたビールにちょっと口を付けただけでほとんど飲むことはありませんでした。あなたがどうしていたかは覚えていません。今ふっと気が付きましたが、私に酒類に関するあなたの嗜好がどのようなものなのかを、これまでまったく知る機会がなかったのです。本庄がどの程度飲んでいたかもわかりません。富城はわりといいペースでグラスを空けていたようにも思います。今改めて思い返せば、富城はこの後しばらくしたら自分がしなくてはならない刑の執行人としての役割のため、酒の力を多少なりとも必要としていたのかもしれません。

この酒席で私とあなた方との間にどのようなやり取りがあったかについては、まったく思い出すことができません。しばらくすると、いきなり富城が私に向かって大きな怒声を発しました。「表に出ろ!」という彼の怒鳴り声の前には、既に私と富城との間で小競り合いが起きていたはずです。

路上に出た私と富城は、店の前ですぐに殴り合いを始めました。殴り合いというよりは、私のほうが一方的に富城の鉄拳を浴びていたような気がします。この時の経過についてもほとんど記憶にないのですが、ある瞬間にあなたが発した言葉を、私は今でも忘れることができないのです。それは、たまたま通りかかった建築学科の計画学の研究室で当時助手をしていた野澤さんが、私と富城との喧嘩に割って入った時です。私の耳はそれをしっかりと聞き取っていました。あなたは「止めないでください! この人たちは殴り合わなくてはならないんです!」と言ったのです。

それでも野澤さんは私たちの間に入ろうとしましたし、すぐに二、三人の警察官も飛んできました。野澤さん共々、私たち四人は近くの交番に連れていかれました。そこで型通りの取り調べがなされて、あなた方三人は先に帰されました。私はもうしばらく交番に残されましたが、おそらく野澤さんが私の身元保証をしてくれたのでしょう、私もその後で放免されました。

この夜、私がどこをどう歩いて帰宅したのかはまったく思い出せません。交番を出た後のあなた方三人が、仲間内で何を話したのかも私には知りようがありませんでした。ただ私の中には一つの禍々しい想像があります。私が富城から制裁を受けているのを見ていたあなたは、複数形で「この人たちは……」と言いました。けれどもあなたの心の中では、本当は私だけを指して「この人は殴られなくてはならないんです！」と言いたかったのではないでしょうか。

既に四一年も前の過去の出来事です。あの夜あの居酒屋の前で、あなたが私に対して感じていたであろう気持ちは、あなた自身ですらもう正確には復元することはできなくなっているかもしれません。ただ、たとえそうであったとしてもできることならば、あなたが公の手を経ずに個人的に私を裁き、友人の手を借りて私に制裁を加えた時のあなたの心の奥底を、私は知りたいのです。それは単に私への復讐心だったのでしょうか、それともただ単に私を懲らしめさえすればよかったのでしょうか。それとともに、真夜中のあなたの部屋であなたは大声を上げさえすれば、あなたの指摘通り、私は簡単に公的な司直の手に落ちていたにもかかわらず、あなたがそうしなかった理由についても、私は知りたいのです。それは単に私へのちょっとした情けだったのでしょうか、それとも家族には知られたくなかったからなのでしょうか。さらに加えて、あなたは殴られる私を見ながら何を感じていたのでしょうか。そんな私のことをどのように考えていたのでしょうか。もしかすると、その時のあなたの心の中を知りたいという私の望みはかなえられることはなく、この先も宙に漂うばかりなのかもしれません。けれどもたとえそうであったとしても、私は今でもあなたに聞いてみたいのです、「これで気が済んだのかい……?」と。

6　二三歳の涙

この日のあなた方三人による私的裁判と私的制裁には後日談がありました。そしてそれこそが、私にとっては三年になって建築学科に進学して以降、あなたとの間で起きた――正確に言えばそのほとんどは私が起こした――出来事の中間決算だったのではないかと思えるのです。

表向きは小さな警察沙汰となったこの夜の事件の後、すぐ次の日か数日後か、いずれにせよさして日を置くことのなかった五月末か六月初めの午後でした。広い前庭に南面する1号館三階の製図室ラウンジで、私は数人の友人や所属する研究室の大学院生などと雑談に興じていました。先輩の一人が私に向かって「刃傷沙汰があったって……」と言ったように思います。私は適当に受け流し「別にたいしたことじゃなかったけど……」などと返したのでしょうか。三連に並んだ古い上げ下げ式の窓の外には、前庭中央の大イチョウが美しい若草色に染まった新緑を、初夏を思わせる爽やかな微風に微かに揺らしていました。

昼下がりの少し気怠い雰囲気の中で、私は気の置けない友人たちのとるに足りない会話を聞き流しながら、青い空を背景とした大イチョウの梢の先に萌え出たばかりの小さな若葉を見ていました。

この先の数分ないし十数分の間の出来事については、ラウンジ内で何が起こり何故そんなことになったのか、正直にいって私には全然思い出すことができません。その後に引き続いて起きたことについては、細部に至るまで鮮明に覚えているのに、それを引き起こすきっかけとなったはずのラウンジ内でのことは、今ではいくら必死に考えても思い出せないのです。ですから、明らかな事実とそれに関する今現在の私の思いだけを書いていきます。

私が数人の友人たちと寛いでいた製図室のラウンジに、あなたが入ってきました。本庄を連れていました。それに関しては、私の記憶の中の映像としてはかなり曖昧なのですが、確かに本庄も一緒にいたはずです。富城がいたのかどうかの記憶は私にはまったくありません。しかし少なくとも、あなたが自分の意思で私に近づいてきたことは紛れもない事実でした。あなたの大きな瞳はまっすぐに私を捉えていたはずです。そして私はあなたの鋭い視線を受けて、かなりたじろいだことは間違いないはずです。推量として書かざるを得ないのは、あなたに宛ててこの手紙を書き始めて以降、私はそれぞれの出来事にいたるまでの経緯について、そのすべてを極力思い出そうと毎晩孤独な努力を続けているのですが、その多くを未だに思い出せてはいないからです。

少なくとも私たちが本郷キャンパスに進学してからの一年二か月余りの期間、あなたのほうから私に近づいてくるということは一度もなかったはずです。徹底してあなたは私を避けていました。一度だけ私の車の助手席に座ってくれたことがありましたが、それも私があなたを誘ったからでした。したがって、数日前に富城の腕力を介して私を罰したはずのあなたが、再度私に向かってくるからには、あなたの中に何らかの意図があったと思わざるを得ませんでした。

私は内心に沸き起こる不安と動揺を抑えて、平静を装いながら寛いでいる風を保っていました。けれどもそれは、まったく上辺だけを取り繕った偽りの姿であり、その証拠に私の心の中は支離滅裂で、その後の数分間については空白のままなのです。いずれにせよ、あなたと共に本庄も来ていたことは確実です。もしかすると私は本庄と口論になったかもしれません。先だっての鉄拳制裁では本庄はただ傍観しているだけで、私に対してまったく手出しはしていませんでした。

これは完全に私の勝手な想像なのですが、もしかしたらあなたは、富城ではなく本庄に私をこっぴどく殴らせたかったのではないでしょうか。三年の秋も四年の春も、あなたが私から被った屈辱的被害を訴えた相手は本庄だったはずです。そしてこの二回とも私は、本庄からは直接的な制裁を食らうことはありませんでした。

何がきっかけだったのかはまったく覚えていません。しかしその後矢継ぎ早に続いた一連の出来事は、私の胸の奥の奥に、言葉にはしがたい苦しみとともに今でも深く刻み込まれているのです。

突然、本当に突然、あなたは私に背を向けラウンジから飛び出しました。そしてそのまま階段室を駆け下りていったのです。その瞬間、私はハッとしました。そして私は一瞬遅れて階段へ走り、全速力であなたの後を追ったのです。1号館の玄関を出たあなたは、午後の日差しに溢れた前庭の小路を、私の数メートル先で走っていました。そして前庭を囲む工学部6号館の角で、私はあなたに追いつきました。もしかしたら私は、この時あなたの背中に向かって、高校時代のあなたの愛称で呼びかけていたのかもしれません。このところはひどく曖昧なのです。けれども私ははっきりと記憶しています。私があなたに追いついた時に、あなたは泣いていました。6号館の角、ドライエリアへ下りるところの古いスクラッチタイルで覆われた手すり壁の塊に顔を伏せて、あなたは泣いていました。

小刻みに震えるあなたの背中を見て、私の胸にはこれまであなたに対して私が犯したいくつものひどい行為が、次々と噴き出してきたのです。それらの慚愧に耐えない思いを無理やり振り払いながら、私はあなたをその小さな体ごと私のほうへ振り向かせました。私の目の前数センチのところで、あなたは私には絶対涙を見せまいとギリギリのところで堪えていました。私は何が起きたのかがわかりませんでした。それ以上に私は、あなたの心の中で何が起きたのかがわかりませんでした。おそらく私は、泣き崩れる寸前のあなたに「どうしたんだよ……」というようなことを言ったのだと思います。それを聞いたあなたは、おそらくそれまで必死に堪えていた涙がついに耐えきれなくなって、堰を切ったようにあなたの瞳からあふれ出てきたのです。あなたは、幾筋もの大粒の涙で頬を濡らしていました。必死になって嗚咽を堪えている涙で濡れたあなたの泣き顔を、今でも私は忘れることができないでいます。そしてこの時の情景を目に浮かべるたびに、私の耳にはあなたが声を詰まらせながらも私にいった一言が蘇ってくるのです。

「今だって、私のことを追いかけてきてくれたのはあなたじゃない……！」

あなたの言葉を聞いた瞬間、私は完全に冷静さを失ってしまったのだと思います。足元がぐらつき心をかき乱された私は、この時の目の前のあなたに、私がしなければならないことを何ら為し得ないまま、自分でも考えていなかったような言葉を口にしたのです。

「俺があいつを殴ってやる！」

そう言って私は泣き濡れたあなたをその場に残したまま、1号館に走りました。もちろんあなたもおわかりのように、〝あいつ〟とは本庄を指していました。あなたの言葉を聞いた私は、こんなにもあなたを悲しませている元凶は本庄ではないかと勝手な判断を下して、あなたを置き去りにしてしまったのです。私は判断を誤りました。まさにこの瞬間に、私には他にするべきことがあったはずです。けれどもあの時の私は、本庄に対する突然の怒りで目の前すら見えなくなり、一番大切なあなたのことを、あなたの心の中のことを、気遣うことがまったくできなかったのです。


駆け上がった三階の製図室ラウンジで、私はそこにいた本庄と向かい合いました。私は激しいののしりの言葉を本庄に投げつけたはずです。しかし彼からはほとんど反応はありませんでした。私の感情的な非難を聞いている風でもなく、かといって否定するでもなく反論するのでもありませんでした。私とはほとんど個人的な付き合いのなかった本庄は、私から見ると、少し線の細い弱さの中に優しそうな物柔らかい態度を崩さない男でした。他に誰がラウンジに残っていたのかはまったく覚えていません。ただ私の言葉は宙に漂うだけで、怒りに任せた私の激情は急速に萎えていったのです。結局私は本庄を殴ることはできませんでした。それ以上の非難めいた言葉を発することもしませんでした。ただその場に立ったまま、私は窓越しの大イチョウに視線を逸らしたのかもしれません。

その時でしょうか、かなり遅れてあなたもラウンジに戻ってきました。涙はきれいに拭われていて、泣いた跡はまったく残ってはいなかったと思います。ただあなたの目が鋭い一瞥を私に向けてきました。もしかしたらあなたは、私が自分の言葉通り本庄を殴りつけたかどうかを確かめに来たのかもしれません。

しかしこの後のことに関しては、まったく私の記憶には残っていないのです。私と本庄との様子を見たあなたが次にどうしたのか、本庄はどうしたのか、そして私自身が次にどうしたのかは、何一つ思い出すことができないのです。この昼下がりの些細な出来事の中で、今に至るも私の記憶に鮮明に残っているものは、私だけに見せたあなたの涙と、私だけにいったあなたの言葉なのです。

「今だって、私のことを追いかけてきてくれたのはあなたじゃない……！」

あなたの言った通り、私はそれまでずっとあなたを追いかけてきました。高校生活の終わりに私から去っていったあなたを、大学入学の直後から私は追いかけてきました。特に駒場での教養課程の一年半の期間は、私にとってはまさに地獄そのものでした。けれどもそんな私であったにもかかわらず、この時新緑に萌える前庭の片隅で、ようやく追いつくことのできたあなたに対して、私は絶対にしなくてはならないことを為し得なかったのです。

私は、泣きじゃくるあなたを、私の胸の中にこの両腕でしっかりと抱きしめるべきでした。そしてあなたの耳に口を寄せて「もう逃げるなよ……帰ってこいよ……」と言うべきでした。

あなたが私の目の前で自分から涙を見せたのは、この時が初めてでした。あなたが自分の心の中の苦しみを私に赤裸々に訴えたのは、この時だけでした。そしてあまりにも愚かなことに、この時の私は、私に対してそこまで無防備になったあなたを受け止めることがまったくできなかったのです。

かつての恋人を友人に譲った男が、三年後も彼女への思いを断ち切れずに取り戻そうとした話があります。その男代助は三千代を呼び出し、既に人妻となった彼女に直接「僕の存在には貴方が必要だ。どうしても必要だ」とはっきりと伝えました。『それから』の主人公代助にそう言わしめた漱石が、自身そのような立場にあったかは知りません。この小説の執筆時に、漱石には鏡子といういわくつきの妻がいました。それでも漱石は、私から見れば彼の若いころの分身とも思える代助に、自分の気持ちを正直に語らせることに躊躇しませんでした。

それに比べて私は、人生の一つの決定的瞬間に、あなたを強く抱きしめて私の気持ちを言葉で直接あなたに伝えることができませんでした。あなたも私も代助とはそう変わらない二二歳になったばかりのことでした。

ここからは今現在の私が四一年前のあの時を振り返って勝手に思い出していることです。ですからまったく的外れのことかもしれないし、今のあなたの気持ちともまったくかけ離れたものかもしれません。卒業後二五年近くの期間、あなたと会うことも言葉を交わすこともなく、ようやく二回だけ電話を通してあなたの声を聞いてから、さらに一五年という時間が過ぎているのです。それを言い訳にするつもりはありませんが、何かあなたの気に障ることを書いたとしてもお許しください。

あの日の午後、私はあなたを追いかけました。私だけが追いかけました。それはあなた自身が私にいった言葉からも、本当にあった過去の事実です。そして私は泣き濡れたあなたを抱きしめることもできず、私の本当の気持ちを直接あなたに伝えることもできず、さらに加えてあなたに口走ったようには本庄を殴ることすらできませんでした。ラウンジに戻ったあなたはそんな私の意気地のなさを見て、それまで以上に私を軽蔑したのでしょうか。あるいは先に私が想像したように、あの日あなたは本庄に私を殴らせたかったのでしょうか。そしてそんなあなたの気持ちに答えてくれなかった本庄に腹を立てて、ラウンジを飛び出したのでしょうか。

何度でも書きますが、あの瞬間あなたを追いかけたのは私でした。本庄は追っては来ませんでした。だからあなたは、私の目の前であったにもかかわらず、泣かずにはいられなかったのでしょうか。私は漱石のように、あなたと私との関わりを小説の中の三角関係なんかに落とし込みたくはありません。なぜならそれは、あなたと私との間にあった過去の事実だからです。それゆえに私は、ただあの日のあなたの涙の本当の意味を知りたいのです。

ラウンジに戻ってきたあなたの視線は冷ややかだったような覚えがあります。なぜならその直前に私があなたにいったことすら、私はしていなかったからです。仮に今の私の想像が正しくて、あなたがその後の私の行動を言葉通りのものか確認するために戻ってきたのだとしたら、あなたの私に対する蔑視は当然だと思います。反対に漱石流に言えば、私はあなたを奪い返す機会を自ら手放したのです。あなたを抱きしめることのできなかった私に、あなたは幻滅したのでしょう。ただ一方であなたは、もしかしたら本庄に対しても似たような幻滅を感じたのかもしれません。私に対する直接の報復を本庄に望んだのかもしれないあなたの期待は、やはり満たされませんでした。

今ようやく私は、この日の些細な出来事の最終結果を見極めたあなたの冷たい目の中に、何か一抹の淋しさのようなものがほんの少しだけ混ざっていたような気もしてくるのです。

先ほど私は、この日の出来事をあなたと私との間の〝中間決算〟と書きました。それは大学四年の初夏のこの時点で、私たち二人の間にいかなる気持ちの安定も心の平安も、もたらされてはいなかったからです。少なくとも私の心の中ではそうでした。しかし、あなたの心の中を正しく知ることは私にはできませんでした。そして私は、おそらくは確実にあなたも、この日以降もっとつらくもっと苦しい日々を過ごさなくてはならなかったのだと思います。

自らの心の働きに従って三千代を取り戻した代助は、社会の掟には背いたことになりました。その後夫婦となった二人には、厳しい暮らしが待っていたのです。漱石はこれ以降小説の中ではの二人について、改めて『門』という『それから』の続編を書いています。作者の思惑通りに物事を進めることは可能でしょう。けれども、あなたと私の「それから」は、まごうかたなく存在した過去の事実であり、その途上でただの一度もあなたを抱きしめることのできなかった私は、これ以降のあなたとの関係で、これまで以上の苦しみと辛酸とを味わわなければならなかったのです。そしてそのことは、もしかするとあなたにとっても、耐えがたいつらさに苛まれた日々だったのではなかったのかと思えるのです。だからこそあなたは、一五年前の私との最後の電話で、「私の人生をメチャメチャにしたくせに……！」という血を吐くような言葉を、私に投げつけざるを得なかったのではないかと思います。

7 ある分岐点

大学生活最後の五月祭も終わり初夏を迎えるころ、私たち四年生はみな、将来の進路について具体的に決めなくてはならない時期に入りました。建築学科ではそれぞれの専攻に応じて、設計を志すもの、設備や構造の専門家を目指すもの、また建設会社などで巨大プロジェクトに挑むものと、それぞれの進路は多岐にわたります。その一方で、さらに大学院の修士課程へ進む道もありました。

私たちのクラスでは、おそらく大部分の学生が大学院進学を希望していたと思います。そしてそれらの学生のほとんどが、卒業論文の指導にあたった教授・助教授の研究室を志望したはずです。当時建築学科には意匠を専攻する（つまり建築設計をやっていく）研究室は四つありました。本郷に二つ、駒場に一つ、生産技術研究所に一つでした。そのうち卒論生を取っていたのは本郷の二つの研究室だけでした。私は自分の卒論指導に本郷のM教授を選びました。M先生は丹下健三の流れをくむ高名な世界的建築家で、私の憧れの先生でした。あなたの卒論指導には、同じく本郷のK助教授があたりました。二つの研究室はそれぞれ独立して別々に研究活動を行っていましたが、どちらも工学部1号館にあり、大学院生は同じ意匠系ということで一つの院生室を共有していたのです。したがって、もしあなたがK助教授の研究室に進学していたとすると、大学院以降のあなたと私の過去のあり方には何らかの違いがあっただろうと思います。

M先生の下で卒論を書いた学生は私を含めて八人いました。その中には本庄も含まれていました。集合住宅で私とグループを組んだ友人の村松も入っていました。あなたが選んだK先生の下には富城がいたかもしれませんが、はっきりとは覚えていません。そしてあなたも私も、それに加えて本庄も、大学院進学を希望していました。そのためには夏休み終盤に行われる大学院入試を突破しなくてはなりませんでした。確か第二外国語を含む語学などの教養科目と建築の専門科目の筆記試験に加えて、修士の建築学専門課程では、即日設計という実技試験もありました。そのため進学希望の学生たちは初夏の早いうちから、製図室で週一回のペースで課題を出し合い、即日設計の練習を始めたのです。

設計だけは自信のあった私は、何が何でも合格するつもりでこの練習会に参加しました。あなたもそして本庄も毎回参加していました。私の友人村松は早く設計の実務につきたいといって、初めから就職希望でした。また富城も大学院受験はしなかった覚えがあります。

当時の私の気持ちを一言で表せば「みんな叩き落してやる！」というような気分だったはずです。本庄はもちろんあなたも含めて、設計で自分に敵うヤツなどいるものか、という傲岸不遜なものでした。もしかするとそんな私の内心の思いを、無意識のうちにも一番敏感に感じ取っていたのは、日々の時間を教室や製図室という同じ空間で、私と一緒に過ごさなければならなかったあなたであったろうと思います。そのことが、柔らかく繊細なあなたの心にどれだけの悪影響を及ばしていたのか、当時の私の意識に上ることはまったくありませんでした。目の前で激しく嗚咽するあなたの泣き顔を目の当たりにしたにもかかわらず、あなたの心の内に対するひとかけらの感受性をも持ち得なかった私は、大学院入試の時にも、あなたに対して目には見えない圧力を加えるという、あなたにしかわからない傍若無人な態度を改めることはなかったのです。

そんな一例は私の進路志望にもよく表れていました。

大学院入試では、各学生は二つまで志望する研究室を選べました。本郷を離れる気が全然なかった私は、第一志望を卒論で選んだM先生の研究室、第二志望をあなたの担当だったK先生の研究室としたのです。これはおそらく例外中の例外とも言える無謀な選択だったでしょう。意匠専攻で大学院を志望した学生は、ほとんど必ず第一志望にはそれぞれだ指導を受ける卒論担当の先生の研究室を選んでいました。つまりM先生かK先生かになります。そして第二志望として駒場のH研究室か、生産技術研究所のH研究室かを上げることが、極めて当たり前の進路志望でした。

もしかすると私は大学院入試の本番前から、第一志望・第二志望とも本郷の研究室を選んだということを、友人たちに言いふらしていたのかもしれません。それについてはほとんど記憶にはありませんが、仮にあなたの耳にも入っていたのだとしたら、受験前のあなたにさらに余計な精神的負担を与えてしまったのではないかと心が痛みます。あなたの第一志望がK先生であることは、言われなくてもわかっていました。ただ試験前にあなたの第二志望がどこかは、もちろん私には知る由もありませんでした。

夏休みが明ける前には、各学生に内々で結果が伝えられました。これは正規の発表前で、要は不合格者は遅ればせながら就職活動に注力しなければならないからです。それぞれの学生は単に「就職頑張ってね」と言われるかどうかで、合格か不合格かを知りました。この時点ではまだ合格した学生にも、第一志望の研究室か第二志望の研究室かはわかりませんでした。私は「ＯＫ」と言われたことで、どちらにせよ本郷の1号館に居座ることが確実となり、気持ちの上では非常に楽でした。そして数日後には正式な合格発表があり、合格者には所属する研究室も知らされたのです。私は第一志望のM研究室に合格しました。

あなたは駒場のＨ研究室に進学することになりました。本庄は第一志望・第二志望とも不合格でした。

あなたが駒場に進むということ、つまり来年の春以降、大学院の二年間はあなたが本郷に毎日来ることはないということを私が知ったのがいつだったのかはやはり思い出せません。五〇人ほどのクラスの中で大学院入試に挑んだのは半数以上を数え、それに他大学からの受験生も加わる中で、意匠系の四つの研究室に進学できるのは合計で一〇人足らずだったと思います。いずれにせよ、この大学院入試の結果は、あなたと私の双方に表面的に見える以上のものを、それぞれの心の奥の無意識のレベルに至るまで大きな影響を及ぼしたはずです。そしてそのことを、当時の私はほとんど気付きませんでした。

秋以降、私たち四年生は年内は卒業論文、そして年明け二月いっぱいまでは卒業設計という、学部卒業のためには必須の二つの課題に取り組むことになっていました。研究室ごとに行われた卒論指導や卒業設計のエスキース以外は、四年生のクラス単位の講義はなくなり、ほとんどの学生は学校に来なくなったのです。私が建築学科であなたを目にする機会はほとんどなくなり、あなたも私と同じ空間で同じ時間を過ごす必要がなくなりました。このことの持つ意味は、私にとって非常に大きなものがありました。そしてたぶん間違いなくあなたにとっても、物理的に私から距離を取ることができるという意味で、束の間の安息をもたらしたものと思うのです。

卒業までの数か月間、それぞれの学生はみな最後の必修科目をこなすために家にこもり、必然的にあなたと私との間にも、空間的な距離が安定して保たれることになりました。卒業設計という学部最後を飾る最大級の課題を最高の作品にしようと、私は冬の間中設計に打ち込みました。そしてそのことが良かれ悪しかれ、これまでずっとあなたに向けられていた私の心の奥のゆがんだ思いを、結果的に別の方向に向かわせたのだと思います。つまり専門課程に入って初めて、私はあなたのことを忘れて建築設計に集中することができたのだと思います。

第2部
もっと遠い過去

8 出会い

私の中には、あなたに係わることで未だに答えの見出せないいくつかの疑問があります。例えば大学入学以降、なぜ私は執拗にあなたを追いかけ続けたのか。さらに大学院への進学前後から、なぜ私はそれほどまでにはあなたを追うことを控えるようになったのか。より根本的な疑問は、私があなたに出会うことがなければ、あなたと私との間に紡がれた私たちの過去は、それぞれ今とはまったく別のものであり得たはずなのに、なぜそうはならなかったのか。

いずれにせよ、私たちがそれぞれの意思とは無関係のところで、偶然出会ったという過去の事実は、変えようがありません。それなのに私は、あなたといつどこで出会ったのかということについて、はっきりと思い出すことができないでいます。もちろんそれが、私たちが高校一年になってからということはわかるのですが、いつ、どこで、私があなたをあなたとして認識したのかについては、明白な記憶が残っていないのです。

私たちは中学まではそれぞれまったく別の道を歩んできました。そしてあなたと私は、たまたま偶然同じ高校に入学することになりました。あなたも私ももうすぐ一六歳の誕生日を迎えようとしていた一九七四年の春のことでした。そこは、今ではもう存在しない国立大学に附属した男女共学の高校でした。入学当初はまだ、あなたも私もお互いの存在を知ることはありませんでした。一学年およそ二五〇名余りの生徒数だったこの高校では、各クラス四一、二名で六クラスに分かれていました。私は1組であなたは6組でした。つまり同じ学年とはいえ、物理的に最も離れた教室にあなたと私はいたのです。さらにこの高校では、三年間クラス替えは一度もありませんでした。したがってあなたと私が同じクラスになるということは当然ありませんでしたし、1組と6組という教室間の距離も、三年間ずっと変わらずに遠く離れたままでした。

この高校の男子生徒と女子生徒の比率はおおよそ二対一でした。私のクラスの男子は二七人で女子は一四人でした。おそらくあなたのクラスでも同じようなものだったと思います。砕けた言い方をすれば、思春期のピークを迎える男子にとって女子は半数しかいなかったことになります。またこの高校には中学も付属していました。附属中学の卒業生の多くがこの高校に進学してきました。そのため高校から新たに入学してくる生徒は九〇人もいませんでした。はっきり覚えてはいないのですが、高校入試を経て入学してきた生徒数は男子は六〇名弱で女子は三〇名弱くらいだったのではないでしょうか。そして当たり前のことですが、その中にあなたも私も含まれていたのです。

中学三年の冬に私が最初に受験した高校はここではありませんでした。それは別の国立大学の付属高校でやはり共学校でした。その学校では一次試験と二次試験があり、たくさんの中学三年生が受験していましたが、私はこの高校にまず合格することができたのです。ですから私たちが入学した附属高校の入試日には、私は仮にそこが不合格でも、既に別の進学先を確保していたことになります。

二つの高校から合格通知を得た私は、それ以降の私立高校や都立高校の受験は一切しませんでした。中学の友人たちが試験日の遅い都立高校受験に向けてまだ勉強に追われていた二月半ば以降、私は独り気ままに中学生活最後の日々を楽しんでいました。合格した二つの高校のどちらに入学するかを決めることは、いたって簡単でした。どちらも共学校でした。中学三年のませた悪ガキだった私にとって、女の子の存在は絶対条件でした。そのためもう一つある国立の男子高校は、初めから受験しませんでした。そして単純に自宅から近いほうの附属高校に入学することにしたのです。

あなたからすれば、これらのことはどれもみな取るに足りないことかもしれません。しかしこのうちのどれか一つでも違う方向に進んでいたら、私はあなたに出会うことはなかったはずです。高校入試におけるほんの少しの偶然の重なりが、あなたと私を同じ高校に入学させることになったのです。

今でも出来の悪い無神論者である私は、もちろん運命論者でもありません。ですから、あなたと私が高校時代に出会ったことが運命だったなどとはこれっぽっちも信じてはいないのですが、そこにはいくつもの偶然が重なりあっていたことはまぎれもない過去の事実でした。そして当然あなたの側にも、私と同じように、この付属高校に入学するまでにはいくつもの偶然が連なっていたのだと思います。

このようなことを、あなたはこれまでに考えたことがあったでしょうか。

私の卒業した中学から私たちの高校に入学したのは私一人でした。あなたの場合がどうだったかは、今でも私は知りません。けれども高校からの外部入学は男女ともとても狭き門なので、あなたの場合も私と同じように、あなたの出身中学からはあなた一人だけだったのではないかと想像しています。付属中学から進学してきた生徒たちの間では、それまでに培われた濃密な人間関係がありました。その中へまったく異なる背景を持つものが一人で飛び込んでいくことは、かなりの勇気を必要としたはずです。たぶん入学したてのころの私は、クラスの中で相当とんがっていたのだと思います。そしてそれは私一人に限らず、他の中学から入学してきた生徒はほとんどみんな、大なり小なりそんな気構えがあったのだろうと思います。

中学時代から私はギターを弾いていました。それも相当音がうるさい電気《エレキ》ギターでした。中学の仲間とロックバンドを組んで、一四、五歳のころからガチャガチャとギターをかき鳴らしていたのです。附属高校にもそのようなロックバンドがいくつもありました。しかしそれらはみな附属中学から持ち上がってきた生徒たちで編成されていて、高校から入学した私には入り込む余地はほとんどありませんでした。そのため高校入学後も私は、時折かつての中学の仲間とロックバンドの演奏を楽しむことが多かったのです。

そんな私を同じように高校から入学してきた1組のクラスメイトの数人が、半ば強制的に音楽の部活動に引っ張り込もうと誘ってきました。連れていかれた先はオーケストラ部でした。はっきり言ってこれは私からすれば有難迷惑に近いもので、幼少期にピアノを習っていた経験はあるものの、当時の私にとって、クラシック音楽を演奏することなどにまったく興味は湧きませんでした。けれども高校から入ってきた外部入学の生徒同士として、新たに友人関係を作りたいと思っていたこともあり、あまり乗り気ではないながらも私は、彼らと一緒に放課後にオーケストラ部が活動している音楽室に顔を出すようになりました。そしてそこで、私はあなたに出会ったのです。

それがいつの日のことでどのような状況だったのかは、まったく覚えていません。新入部員同士の自己紹介のようなものがあったという記憶もありません。しかし私が無理やり引きずり込まれたオーケストラ部という課外活動の場を除いて、私があなたと出会う接点は他にはありませんでした。

ここでもいくつかの偶然が大きく作用していました。もし私が友人たちの誘いを断っていたら、あるいはもし友人たちに強引さが少しでも欠けていたら、そしてもしあなたがオーケストラ部に来ていなかったら……。たとえ同じ高校に入ったあなたと私とだったとしても、三年間出会うことはなかったでしょう。クラスは違うしクラス替えもなかったのですから。あなたがどうしてオーケストラ部に入ったのかは、今でも私にはわかりません。大学時代のあなたは美術サークルでした。そして私は大学でも音楽サークルに入って、相変わらず電気《エレキ》ギターを弾いていました。たまたま本当に偶然、一九七四年の春に、あなたと私は同じオーケストラ部に所属したのです。

私はいつから、あなたのことを意識し始めたのでしょうか。これについても今ではもうよくわかりません。私はいつから、あなたと直接言葉を交わすようになったのでしょうか。これもうはるか彼方の忘却の海に沈んだままです。つまり私の想い出の中には、小説のような――例えば漱石の『三四郎』の主人公が美禰子に出会った時のような――深く印象に刻み込まれる場面として、あなたとの出会いがあったわけではなかったのだと思います。けれども高校に入学してさして間もない四月の終わりには、私はあなたと出会っていたことに間違いはありません。それは私が一六歳になってすぐのころで、あなたが一六歳になる少し前のことでした。

幼少期のピアノレッスン以外、これといってクラシック音楽になじみのなかった私が、オーケストラ部でまず直面したのがどの楽器を選ぶのかということでした。当時好んで聴いていたのはいわゆるハードロックが多く、多少ポップスもあった程度です。自分で扱える楽器は六本弦のギターしかなく、特にアンプで音を増幅・加工できる電気《エレキ》ギターはそこそこ弾くことができました。

私をオーケストラ部に引きずり込んだ1組の級友《クラスメイト》たちは、楽器の音色などの好みを二年生の先輩たちから聞かれて、それぞれホルンとチェロを選んでいました。もう一人の1組の仲間は女の子で、彼女はもともとフルートを吹いていたようです。私にはこれといって好きな楽器があったわけではなく、ギターを弾いていると言ったところ、「じゃあ弦だね」ということになりました。そして部全体の構成上、人数の不足していたヴィオラを私は受け持つことになったのです。

あなたは入部当初からフルートでした。以前からあなたがどれだけこの木管楽器に親しんでいたのかを私は知りませんでしたが、初めからあなたは銀色に輝く自分のフルートを持っていた覚えがあります。

私が自分のパートとしてヴィオラを選んだのは——それは選んだというよりはほとんど先輩からあてがわれたというほうが近いと思いますが——ひどい失敗でした。同じ弦楽器とはいえ、指やピックで直接弦をはじいて音を出すギターと、弓という長くて扱いにくい道具で弦を擦って音を出すヴィオラとでは、当たり前とはいえ私にとってはまったく別のものでした。まさに初めてヴァイオリンを習う子供がまったく音を出せないのと同じく、私もこの楽器をまるで扱うことができませんでした。そのうえこの楽器が担うべき役割がギターとはまるで違っていました。私がロックバンドで受け持っていたパートは、ほとんどがリードギターという曲のメロディラインを受け持つところで、それに対して通奏低音の一部や刻みの多いヴィオラは全然別の役割のものだったのです。すぐにそれに気付いた私は、弓の扱いにも慣れないまま、部から貸し出されたヴィオラを練習することはあまりありませんでした。四月中、オーケストラ部に入ったばかりの私は、そんな中途半端な調子で部活動に加わっていたのです。

私を引っ張り込んだ1組の友人たちは、それぞれ早くから一生懸命練習に励んでいたようです。彼らは授業が終わると、真っ先に音楽室に向かい楽器を手にしていました。フルートを吹いていた同じクラスの女の子もそんな感じでした。級友《クラスメイト》として授業中から同じ教室で過ごしていたため、私は入学直後の早い時期から彼女とは話をするようになっていました。彼女もまた、高校受験を経て入学してきたのです。あなたよりも少し背が低く少し丸顔の彼女は、いつもニコニコとして明るい笑顔を絶やさない女の子でした。実は彼女はこの数年後、私たちが大学へ入学した後に駒場キャンパスで私が失意のままどうしようもない無意味な日々を過ごしていたころ、何度か私の車の助手席に乗ってくれた一人です。あちらこちらへドライブしたり、二人でだけで食事をしたり、映画を見たりした時期がありました。当然彼女はあなたと私との関係を知っていたはずです。しかし彼女とのつき合いがあったときに、私からあなたについての話題を出すことは一切ありませんでしたし、彼女がどの程度まで私たちのことを把握していたのかもわかりません。けれども、高校入学時からの私のクラスメイトで、オーケストラ部ではあなたと同じフルートを吹いていた彼女が、高校二年から三年にかけてのあなたと私との係わりをまったく知らないはずはなかったと思います。ちなみに彼女とは、今でも私は毎年手書きの年賀状のやり取りを続けています。

放課後の音楽室で、私があなたと言葉を交わすようになったのはいつからなのでしょう。あなたとは弦と菅とでパートも違うし、初めからクラスは別々でした。当然一緒に練習するようなことも普段はなかったと思います。ホルンを選んだ私の級友は同じ管楽器ということもあったのか、わりと早いうちからあなたとも話していたようです。けれども私が初めてあなたと言葉を交わした時がいつなのかは、もう思い出すことができなくなっているのです。

初めての出会いとか初めての会話とか、ある特別な人との〝初めて〟がいつまでも鮮明な記憶に残っているのであれば、それはその人にとってとても幸せなことだと思います。ほとんどの場合、そのような素敵な思い出を覚えていられることは極めてまれで、極論すれば小説の中ぐらいでしかあり得ないのかもしれません。

例えば三四郎と美禰子の初めての出会いは、今では彼の名を冠する池のほとりから三四郎が見上げた視線の先に、夕陽をあびた美禰子が立っているというものでした。漱石は、崖を下りてきた美禰子が三四郎の前を通りすぎる時に、わざわざ彼の足元に白い花を落としていくという場面まで付け加えています。これほどまでに劇的で印象深いシーンは、現実の世の中ではほとんどあり得ないことだと思います。

このところ連日私は、あなたへの手紙を書きながら、何とかしてあなたとの初めての出会いを思い出そうとしているのですが、もう半世紀近くもの時が過ぎてしまった今となっては、到底それは望むべくもないことなのでしょう。当然あなたとの初めての会話についても、それがどんな状況下でどんな言葉だったのか、私にはまったく思い出すことができません。私からあなたに声をかけたのでしょうか。それともあなたが先に私に話しかけたのでしょうか。

ただ私は、オーケストラ部に入った早いうちから、髪の長い素敵な女の子に気付いていたはずです。その女の子は、銀色のフルートの入ったケースをこげ茶色のケースカバーに入れていました。左右に分かれた長い髪を耳の上から頭の後ろにまわして、そこで黒いゴムひもで束ねて背中に下ろしていました。自分のクラスの女の子でないことはすぐにわかりましたが、どこのクラスなのかはわかりませんでした。けれども音楽室の片隅で、両手の細い指先にフルートを構え熱心に練習している髪の長い女の子の姿は、高校に入ったばかりの私の目を常に釘づけにしていたのです。

あなたの長い髪型《ヘアスタイル》は、高校の三年間を通して一度も変わりませんでした。大学に入っても駒場の二年間は同じ長い髪型のままでした。あなたがその長い髪を切ったのは、前にも書いたように、建築学科に進んだ大学三年の時でした。今から振り返れば、私は一六歳になった春から五年余りの時間をずっと、あなたの長い髪を見続けていたのだと思います。

オーケストラ部では毎年秋の文化祭で演奏会を催していました。新入生が入りメンバーが固まると、春の早いうちからこの演奏会のためのプログラムを決めて、本格的にそれらの曲の練習に入ります。もう全部の曲目は覚えていないのですが、ベートーベンの「エグモント序曲」が入っていたような気がします。そしてメインプログラムはモーツァルトの40番でした。短調の交響曲はとても少なかったモーツァルトですが、彼の三大交響曲の中で唯一ト短調で書かれたこの交響曲第40番は、今でも私にとっては非常に想い出のある曲で、同時に大好きな交響曲の一つでもあります。第一楽章の主旋律が始まる前に最初の音を小さく刻むのはヴィオラなのです。そしてそれは私が受け持つパートでした。

おそらく夏休みの直前か夏休み後のすぐのころか、部内で全体練習がありました。普段は各パートごとにあるいは個人で練習することが多いのですが、この日は全員が集まりフル編成で音を合わせるのです。そしてこの日は、いつも私が頼りにしていた二年生の先輩ヴィオラ奏者は参加していませんでした。もともとさして人気のあるパートではないヴィオラ担当は、オーケストラ部では彼と私しかいなかったのです。もうおわかりのように、何度やっても出だしの音を上手く刻めなかった私は、みんなの前で小さくなっている他はありませんでした。

既にこのころには、私はあなたとごく普通に会話を交わしていたと思います。同じ部活動に参加している同じ学年の魅力的な女の子に、次第に私は惹かれ始めていたのだと思います。ただこれらのことをどれもみな、過ぎ去りし過去の推量として書かざるを得ないのは、今の私の心の中には高校一年のあなたの想い出が、小説に描かれるような鮮やかな場面としては何も残されてはいないからなのです。しかし、ヴィオラそのものにはまったく熱心ではなかった私でも、あなたのいる放課後の音楽室には、人一倍熱心に通っていたのです。

9 通学路

高校一年の秋から冬にかけても、取り立てて心に残るようなあなたとの想い出は見当たりません。文化祭での演奏会を何とか切り抜けた私は、その後も1組の級友の女の子たちとも、また中学時代から付き合いのあった何人かの女の子たちとも親しくしていたのです。そしてこのころのあなたとの関係も、そのようなものの中の一つだったのだと思います。それはごく普通の高校一年生が、ごく普通に送る日常生活のありきたりの交友関係でした。

一九七五年の春が来て、私たちは高校二年になりました。制服の規定がない私たちの高校では、大部分の生徒は入学当初から私服で登校していました。附属中学には制服があったので、そこから持ち上がった何人かの男子生徒は制服姿で教室に来ることもありましたが、女子にはそんな子は一人もいませんでした。みんな思い思いの服装で登校していて、髪型もカバンも持ち物もてんでバラバラでした。自由な校風と言ってしまえばそれまでですが、生徒の外見上の身なりよりももっと大切なものがあるのだということを、先生方も生徒の側もそれぞれの立場から理解していたのだと思います。

このころのあなたがどんな装いでいたのかについても、私にははっきりとした記憶がありません。ただ高校時代のあなたが、ジーンズなどのパンツルックであったことはほとんどなかったと思います。まだ毎日必ず会ってそれなりの長い時間を一緒に過ごすというところまでには至っていなかったため、今の私には一七歳のあなたの装いがなかなか思い出せなくなっているのでしょう。けれども、あなたがよく膝下まで覆うセミロングの巻きスカートを好んでいたことを、私は覚えています。濃淡の茶色《ブラウン》系をベースにしたプリント柄のサラサラした軽い生地で、両端が長いリボン状になっていたようでした。あなたはそれを細い腰《ウエスト》の周りに何回か巻いて背中で結んでいました。今でも女性の装い方についてはほとんど知識のない私には、高校時代にあなたが身に纏っていた衣服の様式《ファッションスタイル》を何と呼ぶのかわかりませんが、女子高によくありがちなお仕着せの制服とはまったく異なる、シンプルな中にある種の清楚な雰囲気を醸し出す上品な身なりでした。

実は高校一年の時と二年の時とで、私にちょっとした変化がありました。そのこと自体はたいしたことではありませんでしたが、あなたとの関係においてはかなり決定的な要因でした。二年に進級した時から、私は自分の通学経路を少し変えたのです。それまでの私は、山手線の内回りでターミナル駅の一つ手前で下りて、そこからバスで学校まで行きました。朝夕のターミナルの混雑を避けることが主な目的だったような気がします。けれどもバスはあまり時間が正確ではありませんでした。特に夕方など道路が渋滞すると、かなり時間がかかることも多かったと思います。そこで私は二年になった春から一つ先のターミナルまで山手線に乗って、そこで地下鉄に乗り換えて通学することにしたのです。学校の最寄り駅からは少し歩く距離が長くなりますが、バスよりも地下鉄のほうが時間は正確でした。そしてあなたは入学当初から、この地下鉄を使って通学していたのです。

ここでも私はあなたに対して正直でなければならないでしょう。通学経路の変更について、私はあれこれともっともらしい理由を挙げていますが、正直に告白すればその最大の理由はもちろんあなたにありました。

一年のどこかで私はあなたの通学経路を知ったはずです。オーケストラ部での活動中にあなたに直接聞いたのかもしれません。もしかしたらヴィオラが下手だったことが、あなたとの話題づくりに功を奏したのかもしれません。あなたから「弦が四本しかなくてもガンバってね！」と言われたことがあったと思います。今となってはこのあたりのこともまったく覚えていないのですが、私が自分からあなたに合わせて、同じ通学経路に変えたことは本当のことなのです。

これについても最初はいつだったのか、まったく思い出すことができないのですが、二年の一学期のことだと思います。私は朝のラッシュの地下鉄内であなたを見かけました。既にオーケストラ部で一年余りにわたりあなたとの交友関係を築いてきた私は、学校の最寄り駅で下りたあなたを追いかけて声をかけたはずです。そして私たちは学校までの少し長い道のりを二人並んで歩いていったはずです。この時のあなたの装いがどんな風で、私たちが何を話していたのかは、今現在の私の記憶にはまったく残ってはいません。けれどもこの時のあなたと私は、学校のこととか勉強のこと、オーケストラ部のことなど、私たち二人に共通した他愛のない話をしながら歩いていたはずです。そして校門を抜けてさらに歩いて高校の校舎の入り口で、あなたは6組へ私は1組へと別れていったはずなのです。

駅から学校までの道を初めてあなたと歩いた時の私の気持ちとは、いったいどのようなものだったのでしょう。何か書き残したものがないかと、最近になって古い資料などを収めた段ボール箱をいくつか開けて探してみましたが、何も見つかりませんでした。一人の人間の記憶量などはたかが知れていて、遠い過去の些細な出来事などは、たとえそれが本当に幸せなものであったとしても、時の流れとともに次々と消去されていってしまうものなのかもしれません。ただ、こうして二年になって私が通学経路を変えてから、朝あなたと二人で歩くことが少しずつ増えてきたことは、本当に確かなことでした。

おそらく夏休み明けの二学期になってからのことだと思います。私は朝の混雑したターミナル駅の地下鉄ホームで、意識的にあなたを捜すようになっていました。電車を何本かやり過ごすこともたびたびありました。そして改札を通りホームへの階段を下りてくるあなたを人混みの中に見つけると、あたかも偶然出会ったかのようにして、あなたと一緒に地下鉄に乗り込みました。たった二駅の乗車区間でしたが、ギュウギュウ詰めの車内でドアの脇の狭い空間に、小柄なあなたの体を私は自分の体でできるだけ護りながら、そうしていることに何故か男としてささやかな幸せを味わっていました。

残暑がおさまり次第に季節が移り行く中で、週に一、二回だったあなたとの朝の出会いが少しずつ頻度を増してきました。そしてある日のことでした。地下鉄のホームの柱の陰で、あなたが私を待っていてくれたのです。最初のそれがいつだったのかも、私はもう思い出すことができません。地下鉄の構内で外部の自然を感じさせるものは何もなく、朝の通勤通学の乗客でいつもあふれていました。ただ私たちが下りる駅のホームは、高低差のある地形の谷の切れ目に位置していて、トンネル状の地下ではなく一部が地上に出ていたため、外の光が上から差し込んでいました。そこには青く高い秋の空が少しだけ覗いていたような気がします。

ターミナル駅のホームで、初めてあなたが私を待っていてくれた日にも、私はそれまで以上に必死になって、あなたの小さな体を車内の人込みから護っていたはずでした。

大勢の乗客とともに吐き出された私たちは、秋色に染まっていく学校までの道を並んで歩いていきました。周りには同じ方向へ進むたくさんの同級生や下級生、中学生もいましたし、近くの女子大の学生たちもいたと思います。そんな中でも私たちは、あれこれと取りとめもない話をしながら歩いていたのだと思います。あなたは小さなフルートのケースを持っていることもありました。音楽の話もしていたのかもしれません。しかし私は相変わらずハードロック一辺倒で、学校ではバンドを組めなかったこともあり、電気《エレキ》ギターをもって登校することはありませんでした。そしてオーケストラ部で使うヴィオラを持ち帰って家で練習することもありませんでした。それでもあなたとは、フルートが主役となるような曲、例えばバッハの管弦楽組曲第２番などについて話していたこともあったような覚えもあります。

音楽のことだけではなく、私たちは美術についても話していました。ある日の朝、あなたは「いわさきちひろが好き……」と言ったことがありました。柔らかなパステルの描線と淡い透明感のある水彩のトーンの取り合わせは、そこに描かれた対象に向けられたちひろの心からの優しさをそのまま表していて、私も大好きでした。また別の日の朝、あなたは「クレーって知ってる……？」と聞いたこともありました。ただ高校二年の私は、この時はまだパウル・クレーという画家のことはまったく知りませんでした。スイスで音楽一家のもとに生まれ、幼いころからヴァイオリンを学び詩も書いていたクレーが、将来の道を音楽か文学かそれとも絵画かで悩んだことを私が知ったのは、つい最近のことなのです。そのため通学路上での私たちの会話が、どのように展開したのかは全然覚えていません。たぶんあなたは、クレーの絵の素晴らしさやどれだけそれらが好きなのかを、少しずつ私に話してくれたのだと思います。そしてたぶん私は、その日帰宅してすぐにクレーの作品を探そうとしたのだと思います。今のようにインターネットで検索すれば、瞬時にいくつもの作品を見ることのできる時代ではありませんでした。おそらく私は相当苦労したはずです。もしかしたらあなたが、後でクレーの画集を見せてくれたのかもしれません。

いずれにせよ、音楽であれ美術であれどんな話をしていても、私はただ私の隣にあなたがいるというだけで、何物にも代えがたい幸福な時間を味わうことができたのです。

秋も深まり私たちの高校でも二年生は修学旅行の時期を迎えました。行先は奈良・京都という典型的なところでした。クラスごとに男女混成の五、六人ずつのグループに分かれ、それぞれのグループごとに自由に見学先や移動ルートを決めて、毎夕定刻までに宿に戻るという決まり《ルール》でした。したがって別のクラスだったあなたと私は、旅行期間中まったく会うことはなかったのです。しかし明日は帰京するという最後の夜、オーケストラ部の部員だけで夕食後の散策に出たのです。二年生の部員は何人いたのでしょうか。あなたと私の他に例の私の級友《クラスメイト》の三人も当然いましたし、他のクラスにも数人のオーケストラ部員がいました。合計で十数人くらいでしょうか。私たちは連れ立って夜の京都へ繰り出したのです。

初めのうちはみんなでワイワイと土産物屋などをひやかして回っていたと思います。けれども制限時間の半分以上が過ぎてそろそろ宿に帰ろうかというころから、私はずっとあなたの隣を歩いていたのです。他の仲間も一緒にいましたが、あなたのすぐ横を私は誰にも譲らなかったはずです。この時の私が、あなたと何を話していたのかはどうしても思い出せないのですが、京都の夜をあなたと並んで歩いたという記憶は、今でも私の心に鮮明に残っているのです。

今のあなたの心にはそんな想い出は残っているのでしょうか。それともこれもあなたのいう「幻想」だったのでしょうか。

修学旅行も終わり二学期の期末試験が近づくと、季節は足早に冬に向かっていきます。

鮮やかな色に染まっていた街路樹も少しずつその色相を失い、私たちの足元を枯れ葉が舞うようになりました。あまり服装にこだわりのなかった私は、制服の規定がないことをいいことに、たいていいつもジーンズにセーターというラフなスタイルでいました。一方であなたは、いつも落ち着いたおとなしめの色を好んでいたようで、上下ともきちんと調和《コーディネート》した服を選んでいました。寒さが厳しくなると、あなたはこげ茶色《ダークブラウン》のトレンチコートを着て来るようになりました。ほとんど目立つことのないダークブラウンに身を包んだあなたの姿は、ホームの雑踏の中であっても、私はすぐに見分けることができたのです。

年が明けて二年生の三学期になると、ほとんど毎朝、私はあなたと一緒に歩いていました。ターミナルの地下鉄ホームで、あなたが先に来て私を待っていてくれることもあれば、私が先に来てあなたが来るのを待っていることもありました。あなたと相談して待ち合わせの場所を決めたわけではなかったと思いますが、何度も繰り返されているうちに、自然と二人の間でおおよその場所が決まっていたのです。待ち合わせの時間についても同じことで、二人で何時と決めたわけではなかったのですが、最寄り駅からゆっくり歩いても学校に遅刻しないような時間になっていたと思います。

寒さが肌を刺すようになった真冬のある朝、あなたは淡肌色《ベージュ》のベレー帽をかぶってきました。初めてそれを見た時、私があなたに何と言ったかは覚えていません。そしてあなたがそれについて何かいったのかどうかも覚えていません。それでも私の目に映ったこげ茶のコートとベージュのベレーは、温かみのある同系色の取り合わせで、あなたの長い黒髪を引き立てていたのです。

このころには私は、あなたがクラシック音楽以上に美術のほうをより好んでいることに気付いていました。あなたはいわさきちひろやパウル・クレーだけではなく、他にも何人かの画家やその作品について話してくれたと思います。そしてたぶんそんな話の流れの中ででしょうか、あなたは様々な建物についての好みも話してくれました。そして冬晴れの凍てつく朝の通学路を二人肩を並べて歩きながら、私はあなたが建築志望であることを知ったのです。

それがいつのことだったのかは思い出せません。またあなたがはっきりと自分の将来の進路について私に話してくれたのかどうかも覚えていません。今でもこれに関することで私が明確に記憶しているのは、あなたが「日光の陽明門なんてキライよ、あんなにゴテゴテしているのは……」と言っていたことくらいなのです。

立春が過ぎ、早くも高校二年の終業式も近くなりました。昨年の秋から半年余りの日々をほとんど毎日、あなたと待ち合わせをして学校まで通っていた私は、日を重ねるにしたがってあなたとの距離が少しずつ近づいてくるのを感じていたのです。けれどもあのころの私は、そんな自分の気持ちを言葉に出してあなたに伝えることはしませんでした。というよりも一七歳の私は、すぐ隣にいる同い年のあなたにそれを伝えることができなかったのです。あのころの私は、あなたが私の隣を歩いてくれているだけで幸せでした。そして自分では気付かないままに、毎朝あなたと二人でいることのできる時間が、何かの拍子に失われてしまうことを恐れていたのかもしれません。おそらくそのためなのでしょうか、あのころの私には、すぐ隣で柔らかな微笑みを私に向けてくれるあなたの心の中を、真剣に思いやることが全然できなかったのです。だからなのかもしれません、私はあなたに向かって「可愛いよ……」とか「素敵だよ……」とかという形容詞を使うことすらできませんでした。

　高校三年という大学受験の年が間近になるにつれ、二年生もみなそれぞれ将来の進路について考えなければなりませんでした。生徒全員が大学へ進学していた私たちの高校でも、三年に進級する前に少なくとも文系か理系かの選択を迫られていたのです。数学が得意で化学や物理等の理系科目もそこそこできた私は、何となく理系に進むのかなという感覚でいました。逆に英語は別にして、国語科目は古文漢文も含めあまり好きではなかったため、消去法でも私の進路は自ずと理系だったのだと思います。しかしながら本質的な部分で、高校三年に進級する直前の私には、これといって明確な将来の目標があったわけではないのです。このことは今現在の私の立ち位置から正直に振り返ってみても間違いのないところで、あのころの私にははっきりとした将来計画などは一つもありませんでした。けれども私の周囲は、家族もクラスメイトもまた中学からの友達たちも、何とはなしに私が医者になるのだろうと思っていたのかもしれません。特に古い友人や中学時代の先生方はそうだったのかもしれません。なにせ私の卒業した中学から国立の附属高校に進学した生徒など、過去何年にもわたって一人もいなかったのですから。そのような漠然とした周囲の雰囲気の中で、私も何とはなしに医学部という選択もあるのか……という気分になりつつあったのかもしれません。

父はこれに関して意見らしいことは何もいいませんでした。自分の長男の進路に関して、彼には彼なりの意見や希望はあったはずですが、父はすべてを完全に私自身の判断に任せてくれました。もしかすると母は、そこそこ成績の良かった息子に医者か国家公務員になってほしかったのかもしれませんが、何も言わない父に倣って母も私には自分の希望を口にすることはありませんでした。

学校への道すがら、あなたと私がどのくらい真剣にそれぞれの将来について話していたかの記憶はまったくありません。もしかするとそんな話は、私たち二人の間では全然出なかったのかもしれません。けれどもあなたが建築志望であれば、三年になって理系選択になるのはわかっていました。しかし私の場合はこの時点でははっきりとした目標があったわけではなく、教科の出来不出来でなんとなく理系という感じでした。ただ、幼いころから絵を描くことが好きで小学校の図画工作をいつも楽しんでいた私は、中学に入ってからは本格的な一眼レフで写真を撮るようにもなっていました。つまり何か形のあるものを作るということが嫌いだったことはなく、どちらかといえば私は、それらをみな好んでやってきたのです。おそらくそのことが私の進路選択において、あなたが進もうとしていた建築の世界に目を向けさせる隠れた要因の一つだったのかもしれません。

そのような進路選択における私のどっちつかずの姿勢は、他のあらゆる面にも出ていて、殊にあなたに対する私のふるまいにも色濃く反映されていたのです。しかし今さら悔やんでも致し方ないことなのですが、高校二年から三年にかけて毎朝あなたの隣を歩いていた私には、そのことの重要性をこれっぽっちも理解することはありませんでした。そんな私の無自覚さが、近い将来私にとって、さらにあなたにとっても、多大なる影響を及ぼしてしまうことになってくるのです。

10 通り過ぎた春

この年のサクラがどれだけ美しかったのかの記憶はありません。一九七六年の四月、私たちは高校生活最後の春を迎えました。地下鉄のホームであなたと待ち合わせて、ドアの脇の狭い空間にあなたを庇いながら二駅乗車して、春のあたたかな日差しの下、あなたと並んで歩く日々が続いていました。毎朝あなたと通った道筋に何本のサクラがあったのかは覚えていないのですが、途中にある女子高や公園には淡いピンクに覆われた満開のサクラがあったと思います。

三年になってもクラス替えはなく、あなたは6組で私は1組のままでした。けれども私たちは二人とも理系選択で、そのことが少しだけ学校内での生活に変化をもたらしました。理科系に進んだ生徒たちには数学Ⅲの授業が選択必修の科目に入っていました。そして私たちは一緒にこの授業を受けることになったのです。二年生までの日に六コマの授業は全部クラス単位で、私はあなたと同じ教室にいることはまったくなかったのですが、この春から週三コマの数Ⅲでは、私たちは同じ教室で授業を受けることになったのです。数学はそこそこできた私は、難しい問題の解法をあなたに説明したことがあったようにも思います。

また私たちの高校では三年になると第二外国語の選択もできました。オーケストラ部の仲間の多くはドイツ語を選んでいました。あなたもドイツ語でした。私はあまり乗り気ではなかったのですが、例によって1組のオケの友人たちが誘ってきて、私もドイツ語を選ぶことにしました。第二外国語は必修科目ではなかったため選択する生徒も少なく、このためだけのこぢんまりとしたクラスができました。他にはフランス語のクラスがあったと思います。

いずれにせよ三年生になって私たちは朝の通学路だけではなく、学校の中でも一緒にいる時間が少し増えたことは確かです。


四月生まれの私は、新学期が始まり学年が上がると一週間ほどで誕生日を迎えます。そしてこの年に一八歳になる私に、あなたは初めて手作りのバースデイカードをくれました。それは二種類の用紙を重ねて二つ折りにしたカードで、開くと中にはいわさきちひろとパウル・クレーを合わせたようなとても柔らかくて温かみのある絵が描かれていました。そして「とうとう一八歳になってしまうのね……」というあなたの言葉が添えられていました。淡い萌黄色《スプリンググリーン》が基調になっていたと思うのですが、優しいタッチのあなたの絵は、青春の甘い想い出とともに今でも私の心に掲げられています。

五月の初め、私の誕生日からちょうど二〇日目にあたる日にあなたも一八歳になりました。その時に私があなたに何かプレゼントをしたのかどうか、悲しいことに今の私には何の記憶も残されていないのです。私があなたに何も贈らなかったということは決してなかったはずなのですが、今ではどうしても思い出すことができません。さらに、あなたが私にバースデイカードをくれた時の様子についても、今の私はまったく思い出せないのです。いつものように朝二人で歩いている時だったのか、それとも数Ⅲの授業の時だったのか、郵便で送られてきたのではなかったことは確かで、直接あなたから手渡しされたと思うのですが、それがいつどんな状況でだったのかは、もう私は覚えていないのです。

こんな素敵な想い出さえも忘却の彼方へ捨てられてしまうことに、還暦を迎えて三年にもなる私はとても耐えることができないでいます。もしあなたが覚えているのであれば、できたら今の私にそっと教えてください。

もう一つ私には、このころの苦い思い出があります。これについても正確な日付やそこまでの経緯は覚えていないのですが、たぶんドイツ語の授業の後かもしれません。第二外国語は生徒数も少なく、正規の授業の後に週一コマだけポツンと時間割に加えられていました。そのため終業時刻も遅くなり、それぞれの生徒は早く家路につきました。そしてその日、私は初めてあなたと二人で学校からの帰り道を歩いたのです。その時あなたと何を話していたのかは覚えていません。またターミナルへ向かう地下鉄の中でどうしていたのかも覚えていないのです。けれどもホームの階段を上がって地下鉄の改札を出た時に、あなたが「どこか行こうか……つきあってもいいわよ……」と言ったことだけは、はっきりと記憶に残っているのです。そしてあなたから思いがけない誘いを受けた私が急にドギマギしてしまい、あなたを連れて行ける場所をすぐに思いつくことができずにせっかくの誘いを断ってしまったことも、ある種の後悔を伴って私の記憶の中に残っているのです。

今から考えてみると、一八歳の私は自分の将来のことだけではなく、その時には一番大切だと思っていたはずのあなたのことについてさえも、真摯な気持ちで考えることができなかったのかもしれません。一八歳の私が、いつでもあなたのそばにいたいと思っていたことは確かです。けれどもその先に関して、私が何をしたいのか、あなたに対してどうすればいいのか、さらにあなたの立場に少しでも近づいてあなたが私に何を求めているのか、これら二人の間の本質的な部分に私はまったく気付けなかった上に、ほんの僅かの思いをはせることもできなかったのです。そしてそのような私の煮え切らない態度は、この先もさらに尾を引くことになりました。

おそらく三年に進級する直前の二月か三月ごろのことでしょうか。いつもの朝の通学路で私たちは、学校でのことや進路のことの他に絵画などの話題に加えて、お互いが読んでいる本のことも話していたと思います。私はかなり背伸びをしながらいっぱしの旧制高校生を気取って、しばらく前から『三四郎』や『それから』などを読み始めていました。級友《クラスメイト》の男子にはわりと早熟な友人もいて、彼らの影響もあったのかもしれません。けれども中学時代には、エラリー・クイーンやヴァン・ダインなどの古い本格推理小説ばかり読んでいた私にとって、漱石の創り出す三角関係の複雑さに囚われた登場人物の心理について、きちんと感情移入しながらそれらを理解することは程遠かったようです。

そんな私に対して、あなたは自分の愛読書について話してくれました。それは、それまでの私がまったく知らなかった優しい夢の世界でした。この本について話している時のあなたの表情や仕草を、残念なことに私はほとんど覚えていないのですが、あなたが「貸してあげるから読んでみて」と言ってくれたような気がします。それは、幼くして孤児となった生まれつき赤毛の女の子が養父母（老兄妹）の下で健やかに成長し、やがて幼なじみと結婚して幸せな家庭を築いていくという長編小説でした。『Anne of Green Gables』という原題は日本では『赤毛のアン』と訳されて、あなたのような年頃の少女を中心に、幼い女の子から若い大人の女性に至るまで、幅広い層に読まれていました。

もしかすると私も小学校のころに家にあった児童文学全集で、子ども向けに編集された『赤毛のアン』を読んでいたかもしれませんが、一〇歳前後の私は『十五少年漂流記』や『ロビンソン・クルーソー』そして『海底二万マイル』や『八十日間世界一周』といった冒険ものをより好んでいたはずです。それゆえに私は『赤毛のアン』の原作が文庫本で一〇冊もあることはまったく知りませんでした。それを私に教えてくれたのは、いつも隣を歩いてくれているあなただったのです。そして私があなたの愛読書を読み始めたことが、あなたと私との距離をもう少し縮めることに一役買ってくれたのです。

『赤毛のアン』の文庫本を一冊読み終えるたびに私はそれをあなたに返しました。そしてあなたは次の一冊を私に貸してくれました。日本からは遠いカナダの果ての果ての島で暮らすアンの物語は、来春の大学受験に向けて進路の決断を迫られていた私の心に、それを忘れさせる魔法のような力を持っていました。これも今の私の記憶には残っていないのですが、私はその都度、あなたに読んだ感想を話していたと思います。そしてあなたも、あなた自身のアンへの思いをたくさん話してくれていたのだと思います。

春が過ぎて私たちの通学路を吹きすぎる風にも初夏の香りが漂い出したころでしょうか、あるいは少し夏の暑さが感じられるようになった一学期も終わりになるころでしょうか、もしかしたら学期末試験が全部終わった日のことだったかもしれません。私は初めてターミナル駅からあなたの家に向かう私鉄に乗りました。私のすぐ前であなたは「こっちよ」というように混雑したコンコースを抜けて、あなたが毎日乗っている私鉄の改札まで連れていってくれました。山手線と並行しているそのホームは少し高くなっていて、そこから見ると、私が普段乗っている黄緑色の車両は少し下に見えました。あなたの家の最寄り駅はターミナルから五つ目で、少し離れているのに急行などは止まりませんでした。私たち二人を乗せた各駅停車は、ターミナルを出ると山手線と並行して走っていき、少しスピードを落としたと思ったら大きく左にカーブしました。そして一つ一つ小さな駅で止まりながら、四つ目の少し大きな駅でかなり長く止まってしまったのです。急行の通過待ちのために私たちの乗った電車が止まったときに、あなたが私に「あと一つなんだから走ってくれればいいのにね……」と言ったのはこの時のことでした。

急行をやり過ごした電車は、ようやくいつもあなたが下りる駅に着きました。ターミナルで乗り換えた時と同じように、あなたは私の少し前を歩きながら、初めて来た私の道案内をしてくれました。たびたび振り向いて私を見ていたあなたの顔は、優しい微笑みと隠しきれない喜びにあふれていたのだと思います。そして私はそんなあなたの姿を見て、言葉にはできない小さな幸せをかみしめていたのだと思います。

駅前の商店街を抜けると大きな神社がありました。何本もの大木が鬱蒼と茂っていて、そこだけがこんもりとした小さな杜のようでした。肩を寄せて歩くあなたの長い髪からかすかに甘い香りがしたのは、私の思い過ごしでしょうか。それともこの社の杜に漂う木々の匂いだったのでしょうか。

しばらく歩くと広い道路に出ました。都心から川越方面に向かう幹線道路でかなりの交通量でした。信号を渡ってすぐに、あなたは狭い小路に入りました。住宅地の角を何回か曲がりまっすぐ行くと、何軒か先にブロック塀に囲まれた木造二階建ての住宅がありました。あなたは門扉を開けながら「ここよ……」と言ったかもしれません。それとも「さあ着いたわよ」と言ったのでしょうか。初めて歩いた一〇分ほどのあなたの家への道筋で、私はあなたが話していた言葉をほとんど覚えていないのです。

玄関ではあなたのお母さんが「いらっしゃい」と言って、私を出迎えてくれたような気がします。すぐ右側が洋間になっていて、ソファがあり応接室として使われているようでした。あなたは私をこの部屋に招き入れてくれました。初めて訪ねたあなたの家で、もしかしたら私はちゃんとした〝お客さま〟として迎えられたのかもしれません。そう感じるのは、今現在の私が四五年前のあの日を顧みてのことであって、一八歳当時の私は、あなたが私を自宅に招いてくれた事実にただただ嬉しかったのです。だからなのでしょうか、初めて歩いた駅からの道でも、初めて通されたこの応接間の中でも、あなたと私が何を話してどのような時間を過ごしていたのかを、今の私は何一つ思い出すことができないのです。

少なくとも私にとっては〝楽しかった想い出は忘れない〟ということは、まったく当てはまりませんでした。幸せであればあるほど、その時の記憶は失われやすいと言えます。少なくとも私にとってはそうなのです。

11 帰らない夏

これから書くことは、その表面的な事実だけをとり出せば、あなたと私の過去の係わりの中でお互いに最も幸せに満たされていた日のことだと思います。それは単に私の主観に基づくだけのことかもしれませんが、あの日のあなたの心の中でも、私と同じように感じていたことは絶対に間違いのないことだと、今でも私は信じています。あの日から四五年後の現時点で、あなたの心が今どこにあるのかは私にはうかがい知ることはできません。けれども、あの日のあなたが私以上に大きな夢と期待を抱いて幸せな気持ちでいたと考えることは、決して間違ってはいないと思うのです。

しかしながら今改めて振り返ってみると、あの日のことはその本質的な部分で、それまでに作り上げたあなたと私との係わりを根本から覆す発端になったと言えます。私がそのように捉えるようになったのは、一五年前のあなたとの最後の電話で、あなたから投げつけられた言葉をどうしても忘れることができないからなのです。ここでも再び、原因となるのは私の優柔不断な態度であり、あの夏の日に私がするべきことをまったくできなかったことにあったのだと思うと、苦い後悔の念は免れません。

私が初めてあなたの家に行った日からしばらくすると、学校は夏休みに入りました。高校三年の夏は誰にとっても大学受験の天王山で、生徒はみな受験勉強に本腰を入れるようになりました。私はそれなりに高校三年生としての勉強はしていたつもりでしたが、七月後半になってもそれほど受験を意識することはありませんでした。受験などよりも、あなたに借りたアンの文庫本のほうにより多くの魅力があったからです。一冊ずつ順番に読んでいた私は、このころには最後の一〇冊目を読み終えるところまで来ていました。

あなたが誘ってくれたのか、あるいは私がアンの本を返すからという口実を設けたのか、ここでもまたその経緯は覚えていないのですが、七月末も近い夏の日の午後、私は再びあなたの家を訪れました。この時も前回と同じように、あなたと一緒に私鉄に乗ってきたのかどうかは覚えていません。二回目でもあり夏休み中だったこともあって、もしかしたら私は一人であなたの家まで来たのかもしれません。

この日もあなたのお母さんが、玄関で私を迎えてくれました。あなたは前回と同じように、私をエアコンの効いた応接室に通そうとしました。けれどもこの日私は、「君の部屋のほうがいいな……」と言ったのです。おそらく私からそう言われることを予想していたあなたは、「クーラーないから暑いわよ……」と言いながらも、すぐに階段をトントンと上がって二階へ向かいました。何故だかわかりませんが、私はここでのあなたとの会話はよく覚えているのです。

当時はまだ冷暖房両用のパッケージエアコンはほとんど普及していなくて、冷房のみの空調機がようやく家庭にも広まり始めたころでした。したがって〝クーラー〟という呼び方が世間一般では通用していたのです。

私はあなたの後について階段を上がりました。二階の踊り場には向かい合わせに二つのドアがあり、左側は開いていました。右側はあなたの妹さんの部屋で、ドアの開いている左側があなたの部屋でした。初めて入るあなたの部屋は六畳ほどのこぢんまりとした洋室で、階段に面する以外の三方向に窓があり、どれも大きく開けられていて風通しがよくなるようにされていました。今から思えば、〝クーラー〟がなくてもそれほど暑くならないように、前もってあなたが準備していたような気がします。南の庭に面した窓からは遠くまで広がる空地が望まれ、露天の駐車場になっていました。部屋の南東の隅から東側の壁にそってベッドが置かれていて、その足元には北側の窓を背にして、あなたの勉強机がありました。西側の階段との境をなす壁には本棚があって、そこには私が読んだ『赤毛のアン』の文庫本も並んでいました。

普段のあなたの装いと同じように、あなたの部屋の内部もシンプルできれいに整頓されていました。飾り気がほとんどなく、年頃の女の子が好みそうないわゆる少女趣味的なところはかけらもなかったと思います。その意味では、Ｌ・モンゴメリが描いたアンの部屋とは少し違うのかな、という印象を私は持ったのかもしれません。

この日のあなたは夏向きの白いブラウスにいつもの茶系の長めの巻きスカートで、その薄い生地の下にきれいな素足を膝の少し下まで隠していました。

私が部屋に入ると、あなたはすぐにそっと入り口のドアを閉めました。隣の部屋の妹さんが気になったのでしょうか、あるいは階下のお母さんでしょうか。いずれにせよあなたは、入り口のドアを閉めることによって、自分の部屋に私と二人だけの小さな空間をあなた自身の手で作りだしたのです。そして私は、そんな些細な行為に秘められたあなたの思いには気付くこともなく、あなたの本棚に並んだ本の背表紙を眺めていたのです。現在の私であれば、蔵書にどのような本があるのかがその人の考え方や思想の多くの部分を、つまりその人の精神のありようをかなりの部分まで正確に示しているということを、ある程度までは理解しているつもりです。けれども一八歳当時の私にそんな知識のかけらもなく、ただ興味本位で一八歳のあなたがどんな本を読んでいるのかを覗いてみたかっただけなのです。今ではほとんどすべて忘れてしまった背表紙のタイトルに『赤毛のアン』があったことだけは覚えています。

しばらくするとあなたのお母さんが飲み物とケーキを持ってきてくれました。勉強机のほかにテーブルのようなものはなかったので、あなたの机の上に置いてくれたと思います。椅子も勉強机に一脚だけでした。そのため、あなたはほとんどずっと自分のベッドの上にいました。そして私もあなたのベッドの端に腰を下ろしていました。

かなり陽の傾いた夕方近くにもう一度あなたのお母さんが来ました。この時階段を上がる小さな足音を聞きつけたあなたは、締め切った入り口のドアの前に体を投げ出し、床に寝そべるようにして「あ～、また来たな～」と言ったのです。甘えたようなそんなあなたの仕草を目にするのは、私にとっては初めてのことでした。この時はあなたのお母さんは冷たい麦茶とデラウェアを持ってきて、最初と同じようにあなたの机に置きました。二つ三つ口にした葡萄の甘さを、私は今でも思い出すことができます。

この夏の日の午後、あなたの部屋で二人きりになった私たちは、どんな話をしていたのでしょうか。あなたの好きな絵画の話でしょうか、それとも音楽の話でしょうか、あるいはアンの物語についてでしょうか。本当に残念なことなのですが、私はそれらについてほとんど何も覚えていないのです。

時の流れとは残酷なものです。あなたと過ごした幸せな時間の想い出を、それが幸せに満ちていればいるほど、跡形もなく記憶から消滅させてしまうのですから。そしていつまでも心に残る想い出のほとんどは、一番つらく苦しいものばかりなのですから。

けれども私には今でも忘れずに覚えているこの日の想い出があります。

あなたはベッドから起き上がると、少し大きめのアルバムを持ってきました。そしてすぐにまたベッドに上がって、自分の膝の上で私のほうに向けてそのアルバムを開いて見せてくれました。そこにはあなたの幼いころの写真が何枚も収められていたのです。あなたはこの日どこかで私に見せるつもりで、早くから用意しておいたのでしょう。少し古くて厚いそのアルバムは、あなたのご両親にとっては、娘の成長を記録したとても大切なものだったはずです。あなたは、一ページずつ丁寧に整理されたあなた自身の写真を、惜しげもなく私に見せてくれました。

その中に今でも私が覚えている1カットがあります。キャビネ版よりもう少し大きかったでしょうか、アルバムの台紙の真ん中に一枚だけ張られたその写真には、五～六歳くらいの女の子がこちらを向いて微笑む姿が写されていました。小学生になる前のあなたでした。モノクロの淡いトーンの中から、幼いあなたは言葉では言い尽くせない無垢な瞳で私を見つめていたのです。この写真をじっと見ていた私の様子を、あなたはすぐ傍らで全身をベッドに横たえたまま見上げていました。そんなあなたに向かって私は軽口を叩いていました。

「こっちのほうが今より全然可愛いじゃない……」

そう言った私にあなたは「え～、そう～？」と言いつつも、柔らかな笑みをたたえたまま私を見ていたのです。

しかし本当のことをいえば、この時あなたに軽い憎まれ口をきいた私の心の中では、私の目の前に幼児から少女になった体を投げ出し優しく微笑んでいる一八歳のあなたのほうが、写真の中の幼いあなたよりも、何倍も何十倍も可愛いと思っていたのです。けれども私は、そんな私の本当の気持ちを言葉であなたに伝えることはできませんでした。


この日のあなたは、これまで毎朝通学路で私と肩を並べて歩いていたあなたとは少し違っていました。数Ⅲの授業で一緒になった時のあなたとも違っていました。あなたの部屋のあなたのベッドの上で、周りには誰もいない二人だけの世界で、あなたはようやくあなたの本当の気持ちを私にだけこっそりと伝えてくれたのだと思います。ベッドの端に座っていた私はほんの少し体を倒すだけで、そのままあなたを抱きしめることができたはずです。そしてこの日この時のあなたであれば、そんな私をそのまま受け入れてくれたでしょう。けれどもあの日の私にはそれができませんでした。

私が求めさえすればすぐ手の届くところに、あなたは自分のすべてをさらけ出していました。ベッドに投げ出されたあなたの素足は、薄い巻きスカートの下で膝を折り曲げて、細い足首から先がとてもきれいに見えていました。長いサラサラとした髪があと少しでベッドに触れるくらいに、あなたは上半身を傾けていました。私は、私に対してこんなにも無邪気にふるまうあなたを見るのは初めてでした。そしてそれはあなたの態度が示す以上に、目には見えないところであなたの心も、私に大きく開かれていたということを如実に示していたのです。けれどもあの日の私は、それに気付くことができませんでした。そしてそんなあなたの気持ちに答えることがまったくできなかったのです。

「あなたは余っ程度胸のない方ですね」

上京途上の汽車で出会った行きずりの女性とたまたま一夜を過ごした三四郎が、次の朝別れ際に彼女から言われた言葉です。

この後、大学に入学した三四郎は美禰子という美しい女性と出会い、その後ようやく彼女と二人きりになった時に、美禰子から「迷える子《ストレイシープ》――解って？」と問われます。

もちろんこの夏の日の午後、あなたは私に対してそんな言葉は一言も言いませんでした。あなたはただ、私に対するあなたの素直な気持ちを、一つ一つの細かい仕草と、柔らかで優しい微笑みと、じっと見つめる静かな眼差しを通して、一生懸命になって私に伝えようとしていたのです。そこには写真に現われた幼い日のあどけなさも加味されて、あの夏の日の私を完全に虜にしました。けれども、あの日あの時あなたの部屋で、私はかけがえのない大切なあなたを独り占めにしていたことに満足してしまい、決して犯すことのできない存在として、あなたを自分勝手な「幻想」の世界へと取り込んでしまったのです。

夏の日差しが傾き始めたころ、二回目に来たあなたのお母さんが階下に下りた後でしょうか、あなたは南側の窓辺に立って暮れゆく空を見つめていました。私もすぐにあなたに近寄り、後ろに立って二人一緒に同じ空を見つめました。私のすぐ目の前にはあなたの長い髪がありました。

たぶんこの時がこの日の最後の機会《ラストチャンス》だったと思います。私がしなくてはならなかったことは、背中からそっとあなたを抱きしめて、あなたにだけ聞こえるように私の本当の気持ちをそっと囁くことだけでした。けれども、きっとあなたは望んでいたはずのそんな簡単なことでさえ、あの日の私はあなたにしてあげることができませんでした。

美禰子の言葉に続けて、漱石は三四郎の苦悩を記しています。

「咄嗟の機が過ぎて、頭が冷やかに働き出した時、過去を顧みて、ああ云えば好かった、こうすれば好かったと後悔する」

私には、漱石自身の過去にそう言って自らを責めなくてはならない経験があったとしか思えないのです。なぜなら、これまであなたに宛てて書いてきた私たちの過去のあらゆる歴史の中でも、この夏の日のあなたの部屋での出来事ほど、今に至るも私の心をかき乱すことはないからです。そしてそれは小説の中の作り事などではなく、自らが実際に経験することによってでしか感じ取ることのできない、過去の自分に対する耐えがたい責め苦となるからなのです。

四五年前のあの日のことを、あなたはどれくらい覚えているでしょうか。私と二人で過ごした夏の日の午後のことは、どれだけあなたの記憶に残っているのでしょうか。「もうすっかり忘れたわ……」とあなたは言うのでしょうか。もしそうだったとしても、ならばその言葉を今の私にぶつけてください。あなたの言葉がどのようなものであっても、たとえそれが「忘れたわ……」という言葉であったとしても、それは今でもあなたがあの日のことを忘れてはいないということの確かな証しだと思えるからです。

一五年前の最後の電話であなたは、私の話はみんな「幻想に過ぎない」と切り捨てました。もし本当にあなたの言葉が正しいのなら、あの日あなたの部屋で私が見ていた一八歳のあなたの姿も「幻想」だったのでしょうか。あの日のあなたの心の中が何ら変わることなく、今日までずっと同じままでいると思うことは明らかに幻想でしょう。でも私はそのようなことは一つもいっているつもりはありません。ただ単に、いくつも積み重なった私の過去と、私とは別の場所で積み重なったあなたの過去とが、あの日あなたの部屋で、ほんの少しだけ同じ時空に存在したことをいっているだけなのです。それは私たち二人の過去のごく僅かの共通部分であり、それは私たち二人が一緒に経験したまぎれもない過去の事実なのです。ただし、それぞれの過去に歴然と存在していたはずのこの日のことを、あなたと私がどのように考えるかについては、まったく別のものになるのも仕方のないことかもしれません。それに関して、あなたが自分から「幻想」を描くようなことは決してないということを、私は知っているつもりです。しかしそれでも私は今のあなたが、あの日の一八歳の私の姿に何を思いどう考えているのかを、知りたくて知りたくて仕方がないのです。

あなたは美禰子が口にした言葉を、今こそ私にいうのでしょうか。

ここまでの話をあなたがどのように捉えたとしても、私にとっては、かつて間違いなく存在したあなたとの過去の事実として、今でも心の中に残り続けているのです。一方で今の私はこの日のことを、あなたのいった「幻想に過ぎない」ものとして、明確に自覚したうえで話すこともできます。

夏の長い陽がようやく暮れようとしていたころ、私はあなたの家を出ました。あなたの部屋を出て階段を下りた時のことはまったく記憶にありません。玄関の門扉越しにあなたとあなたのお母さんが、そろって私を見送ってくれました。その時、あなたのお母さんが私に声をかけました。それを聞いていたあなたは、その意味することが何ら重要なことではないかのようにして、私に微笑みながら手を振ってくれたように記憶しています。けれどもその時、あなたは自分ではまったく意識することはないままに、私に魔法をかけたのです。そして、少し振り返りながらあなたの家を後にした私は、自分があなたから魔法をかけられたことにまったく気付きませんでした。

「いつまでも、どこまでも、私を追いかけてきて……！」

あなたの魔法の呪文はこの夏の日以降、何年にもわたって私を捕えて放すことはなかったのです。あなたは自分がそんな魔法を使ったなどという意識も自覚もありませんでした。そして自分でかけた魔法を解く方法も、あなたは知りませんでした。一方で私もあなたに魔法をかけられたことも、どうすればそこから抜け出せるのかも知りませんでした。おそらくそれを知るためには、あなたも私も二人とも若すぎたのです。

あなたの使った魔法の道具は『赤毛のアン』の文庫本と無邪気に微笑む幼いあなたの写真でした。たぶんあの日、いくつもあった機会《チャンス》のうちのどれか一つで私があなたを抱きしめてさえいれば、あなたの〝アンの魔法〟が効力を生じることはなかったでしょう。けれども、あの日〝アンの魔法〟を解くカギが使われることはありませんでした。この日から後のあなたと私の過去の歴史は、少なくとも私にとっては血の出るようなつらく苦しい日々となっていったのです。

過去のある出来事を「幻想に過ぎない」と言って切り捨てることが可能ならば、その瞬間は心が少しの安息を得ることはできるかもしれません。けれどもその「幻想」が、過去にあった取り返しのきかない真実であったことに気付いた時には、耐えがたい苦痛と後悔とを味わわなければならないのです。

12 中途半端な別れ

高校三年の夏を私たちが再び一緒に過ごすことはありませんでした。この年の八月の記憶は何一つ私の中にはありません。

夏休みが終わり二学期が始まった九月の朝、ターミナル駅の地下鉄のホームにあなたの姿はありませんでした。私は何本か電車をやり過ごし、あなたを待っていたはずです。けれどもあなたは現われませんでした。遅刻ギリギリのタイミングで、私は仕方なく一人で地下鉄に乗り学校に向かいました。どうしたんだろう……と、私は少しだけ心配しましたが、明日の朝はあなたに会えるだろうと思って、たいして気には止めませんでした。けれども次の日もあなたは現れませんでした。そして次の日も、またその次の日も、私はあなたに会うことはできなかったのです。

あなたに会えない朝が続くにつれ、私はどんどんと心配になりました。それ以上に不安になり、心がかき乱されるようになってきました。しかし1組の教室では、私はそれまでと何ら変わらないように平静を保っていたと思います。6組のあなたが高校三年の秋を学校でどのように過ごしていたのかは、私には見当もつきませんでした。一緒に受講したはずの数Ⅲの教室内では、私はあなたを見かけたはずなのですが、その時の記憶もまったくないのです。あなたも私も毎日学校に通っていたはずでした。けれども二年生の時から一年近く続いていた私たち二人の朝の通学路は、もう二度と戻っては来なかったのです。こうして私たちは二か月近くの間、直接会って話をするということがまったくありませんでした。

私があなたと会って二人で話ができたのは、一一月四日のことでした。どんな経緯で私がこの機会を得たのかはまったく思い出せません。日付を記したものは残っていました。時間は書いていなくて、昼休みだったのか放課後だったのかもわかりません。ただあなたと会った場所は覚えています。コの字型に建てられた古い高校の校舎の中庭でした。草木が雑然と生い茂る少し荒れた中庭の片隅で、あなたは夏のあの日以来三か月ぶりで、やっと私に会ってくれたのです。けれどもこの大切な時に、私たちが何を話していたのかを、私はもう覚えていないのです。ただたった一つだけあなたが私にいった言葉が、かすかな記憶のかけらとして私の心に残っています。あなたはこれまでとは少し違う落ち着いた声で「もう朝も一緒に来ないから……」と言いました。

あなたの言葉を聞いた時に私が感じたことを、今ここに言葉で表現することは不可能です。それははるか彼方の過去として忘れてしまったからというのではなく、一八歳のその時の私であったとしても、自分の心を正確に表現することが不可能だったからでしょう。しかし今から振り返ってみれば、あなたの言葉を聞いたこの日からあなたの〝アンの魔法〟は圧倒的な力をもって、私を駆り立てるようになったことは確かでした。

この日以降大学入試までの四か月余りを、私はあなたに会うことのないまま過ごしました。ただひたすら机にかじりついて受験勉強に励んでいました。その間あなたのことを思うことが全然なかったというのはまったくの嘘になります。その逆に私の心の中のあらゆる領域は、ずっとあなたのことが完全に占領していたのです。私の頭は数学や英語の入試問題を解いていました。けれども私の心は、あなたの掛けた〝アンの魔法〟に囚われたままでした。そしてそのように理性と感情の分裂した私の精神状態は、年が明けても、私に志望校や志望学部を決めさせることができませんでした。

既に高校三年の秋の終わりから、現役の受験生は授業もなくなり学校へ通うこともありませんでした。既にあなたとの朝の通学路を失っていた私は、高校卒業後の大学生活であなたを取り戻すことだけを夢に見て、受験参考書を片っ端からやっつけていました。

そしていよいよ出願期限が近づいてきたとき、安定した精神からは程遠かった私は最後の決断を迫られました。今でも私はその理由を説明することはできません。あなたは手の届かないところにいました。私の両親もその理由を聞くことはありませんでした。そして私は自分に対してさえも、何故自分がそうしたのかを説くことができなかったのです。そのことは今でも私の中で、自分で自分に説明できないものとして残ったままなのです。

私は、あなたと自分の将来とを天秤に掛けたのです。そして私は、自らの意思であなたを選びました。私自身がぼんやりとした中で漠然と考えていた進路、そしてもしかするとあなたが「そうなの……」と思っていたであろう私の進路、医者になる道を私は選ばなかったのです。

高校三年の二月に私は医学部を一切受験しませんでした。併願さえしませんでした。そして確実にあなたが進むはずの建築学科がある理科一類に出願したのです。他はどこにも願書を出しませんでした。当時は可能だった国立の二期校も私立の医学部も受験しませんでした。

もちろんこの選択の責任はすべて私だけにあります。その選択の結果として生じた今現在の私の立ち位置に関する責任も私だけが負うものです。今現在のあなたが、このような私の個人的過去についていかなる関心がないことも、私にはよく理解できます。ただ私は、私たちの大学受験の折にも、いくつもの偶然が重なっていたということを確認したいだけなのです。もし私が理科三類を受験していたら、あるいは他大学の医学部を複数併願していたら、さらにもし私が一発勝負の理科一類受験に失敗していたら……。明らかに大学以降の私たちの過去は、一九歳から今日までのあなたと私の過去は、今ある姿とはまったく違ったものになっていたはずです。

「そんなこと言って何になるの……」とあなたは言うでしょう。あなたではなくとも誰しもそう思うはずです。「今さら何になるの……」と。けれども私の心は、なぜか自分に積み重なった過去の一つ一つの場面を、あの時、あの時と、順番に振り返ることをやめられないでいます。それらの一つ一つはどれも偶然の合わせ鏡となって、私の過去を映し出しているのです。あなたの心にそのような思いが兆すことはないのでしょうか。

駒場の試験会場で休憩時間に私は何人かの級友《クラスメイト》に会って、それぞれの出来不出来を話していました。その時私は、一瞬あなたを見かけました。それは私があなたと同じ学部を受験したことの証であるとともに、その後の一年半に及ぶ駒場の教養課程における私の姿を――つまり遠くからあなたの姿を見ているしかないという私の姿を――先取りしていたのかもしれません。

高校三年の三月をどのように過ごしていたのか、私には楽しい想い出は何一つ残ってはいません。仲の良かったクラスメイトとの別れも、卒業式についても、まったく覚えていません。

一つだけ私の心に今でも浮かび上がるものは、夕暮れ時の三四郎池の光景です。合格発表の日にかなり陽が傾いてから、私はまったく気乗りのしないまま仕方なしに家を出ました。歩いていける本郷の発表会場には、もうほとんど人はいませんでした。私の家からだと三四郎池の対岸の崖の上、総合図書館との間に合格発表の掲示が貼り出されていました。通りすがりに私はチラリと自分の受験番号をみました。何の感慨もありませんでした。嬉しくとも何ともありませんでした。ただ、人のいない遅い時間でよかったと思っただけです。

夕闇の迫る三四郎池のほとりで、私が〝美禰子〟に出会うこともありませんでした。

13 駒場の日々

それぞれが一九歳になる直前、一九七七年四月に私たちは同じ大学の同じ科類に入学しました。私の入学式のため、母がいそいそと北の丸公園に出かけていったという微かな記憶があります。私自身は昨年の秋から続く極度の精神的な不安定状態にありました。心の中はほとんど錯乱したままで冷静な判断力などは望むべくもなく、専門医が見れば確実に〝うつ病〟という診断を下したでしょう。

その端的な例が入学直後に駒場キャンパスのはずれで、私があなたに数回にわたって会った時の様子に如実に表れていました。どのようにしてあの時私がこれらの機会を得ることができたのかは覚えていません。ただあなたは確か二、三回私と会うことを許してくれました。私があなたと二人だけで会うのは、昨年秋の高校の中庭でのこと以来でした。そして私はあなたに会うたびに、あまりにもみっともない姿をさらけ出していたのです。今振り返ってもあまりに恥ずかしくて言葉に綴ることも耐えがたいのですが、それは一九歳になったばかりの私の本当の姿でした。そして大学生となったあなたは、高校時代のあなたとは同じではありませんでした。

自分の心がどこにあるかもわからず、自分が何を求めているのかさえ見つけられないいま、私は五か月ぶりに会ったあなたに、入ったばかりの大学を休学すると告げたのです。そして来年改めて医学部受験をすると口にしました。実はあなたに会う前に、私は同じことを家族にも話していました。ですからこの時期のある瞬間には、私自身は本当にそうするつもりでいたのだと思います。けれどもあなたが一番よく知っているように、この時の私の決心はそれほどまでに確固としたものではなく、一〇日も経たないうちにすぐにぐらついていました。この間私は、高校時代の1組の担任の先生や、大学の保健センターの精神科医の先生に会って話をしていました。それらの方々からの助言《アドバイス》もあったのかもしれませんが、確実なよりどころを喪失していた私は、いとも簡単に前言を翻してしまったのです。我ながらあまりにも不甲斐無い態度であり、あなたからすればまさしく軽蔑に値する姿でした。

この春、最後にあなたに会った時に私は、このまま大学に通い続けると言いました。それはつまるところ、あなたと同じ理科一類でそのまま学生生活を継続することを意味していました。あなたはすかさず冷たい視線を私に向けて「建築なんて言わないでよ！」と言ったのです。それに対して私が「自分に自信がなかったらそんなことはしないよ……」と返したのは以前に書いた通りです。実際この時の私には、建築を仕事として先々何とかやっていけるという微かな自信はありました。その意味では、私があなたに言ったことは嘘ではなかったと思っています。

あなたが私の言葉に納得したようには思えませんでした。この少し前に私は全然違うことをあなたに伝えたにもかかわらず、この日あっさりと前言を翻したのですから。そのためでしょうか、あなたは続けて私にとってはもっと本質的なことを言いました。

「他の男性《ひと》とも付き合うわよ……大丈夫なのね……」

あなたの言葉に私が何と言って返したのかはまったく覚えていません。けれども既にこの時、あなたは自分の近い将来に対して、殊に私との関係において、一抹の不安を感じていたのかもしれません。だからこそ、あえてあなたは私とは別の誰かと付き合うと予告したのかもしれません。そしてそれは長い目で見れば、あなたにとって何の予防線にもなりませんでした。

あなたにとって、そして私にとっても本当に不幸なことに、この時の私たちは互いに将来にわたって長く自分たちを拘束するある恐ろしい事実に気付くことができませんでした。その事実とは、この時私たちが互いに口にした言葉に如実に映し出されていたのです。

あなたに向かって「建築でもやっていける」と言った私は、これから先ずっとあなたに対して、それを証明し続けなければなりませんでした。だから建築学科で私が必死に設計に取り組んでいたことは、おそらくあなたが一番よく知っていると思います。そして今現在でも私は、遥か彼方のあなたに対して、建築を選んだのはすべて自分の責任であって、それをきちんと全うしていることを示し続けなければならないと、心のどこかで思っているのです。

一方のあなたは、この時の自分の言葉通り「他の男性《ひと》」とも付き合うようになりました。けれどもこれは私の勝手な想像ですが、あなたは追いかける私から逃れるために「他の男性《ひと》」を必要としていたのではないでしょうか。実際に私は「大丈夫」ではありませんでした。これ以降、あなたと会うことも会話を交わすこともなくなった私は、キャンパスを歩くあなたの姿を遠くから見ていました。時が経つにつれ、あなたの周りには何人かの「他の男性《ひと》」が現われました。それがある特定の人に固定されるまでにはまだ時間が必要でしたが、何人かの男子学生と連れ立ってイチョウ並木を歩くあなたの姿を、私は毎日のように目にしていたのです。そしてもしかしたらそのような私の視線を、繊細なあなたの神経は敏感に捉えていたのかもしれません。そしてそのことがますます、あなた自身を私から遠ざけようとする無意識の行動に駆り立てていたのかもしれません。

私たちが駒場に通い始めて間もないころから、〝アンの魔法〟はその威力を一層増して、私にだけではなく、知らずしてそれを掛けたあなたにも影響を及ぼし始めていました。闇雲にあなたを追いかける私と、無意識のうちに私から逃げ続けるあなたと、私たちは二人ともそれに囚われたままその恐ろしさに気付けなかったのです。

とりあえず大学生となった私の精神状態は非常にいびつなものでした。ほとんどまったく勉強することはなく、自分でもよくわからないやるせない気持ちの拠りどころを求めて、私は入部したばかりの音楽サークルに入り浸っていました。バラックまがいの古くて汚い部室には、雨漏りのする場所を避けて、アンプなどの機材や壊れかけたドラムスなどが所狭しと散乱していました。新入部員として日の浅かった私は、サークル内ですぐには固定されたメンバーによるバンドを組めませんでした。それでも一か月余り先の五月祭に出たくて、私はかつて中学時代から組んでいた旧友たちともう一度集まって、この部室で夜まで練習を繰り返していました。そして初めての五月祭で、この昔の仲間と一緒に私はステージに立ったのです。本番のステージには中学や高校の時の友人たちも大勢聴きに来てくれました。

精神的に不安定なままだった私は、曲がりなりにも始めてしまった学生生活の最初の一か月を、私なりにあなたを切り離そうとしながら過ごしていたのだと思います。そのために電気《エレキ》ギターばかり弾きながら、一方では運転免許を取るために早くから教習所にも通い始めていたのです。

この間あなたがどうしていたのかはほとんどわかりませんでした。ただあなたがドイツ語既習クラスを選んだことは知っていました。高校三年で私たちは第二外国語の自由選択でドイツ語の授業を受けていました。したがってもし仮に私が駒場の第二外国語でドイツ語既習を選んでいたら、教養課程のスタート時から、私はあなたと同じ少人数の教室で顔を合わせなくてはならなかったはずです。当時の私は、それだけは避けようとしたのだと思います。私は選択必修の第二外国語としてドイツ語未習を選びました。

しかし通学経路のかなりの部分は重なっていました。池袋から渋谷までの山手線と渋谷から二駅分の井ノ頭線で、あなたと私はまったく同じ路線を使うことになったのです。しかし高校時代のようにお互い待ち合わせをするはずはなく、時折偶然見かけるようなことがあると、あなたは足早に離れていきました。私はそんなあなたの後ろ姿を、いつも目で追いかけていたのです。もしかするとあなたは、ソフトケースに入れたギターを肩にかけている私を頻繁に目にしていたのかもしれません。そしてその都度、あなたは私の視野には決して入らないように、素早く人込みにまぎれていったのかもしれません。

駒場でのあなたはフルートを手にすることはなかったようです。代わりにあなたは美術サークルに入り絵筆を手にしていました。そこであなたは自分の言葉通り、新たな「他の男性《ひと》」をたくさん得たのだと思います。このころ私は一度だけあなたの作品を見ることができました。たぶん秋の駒場祭の時かあるいは二度目の五月祭かもしれません。あなたに出会わないように注意しながら美術サークルの展示をサッと覗いた私は、あなたの名前《ネームプレート》の付けられた一枚の油彩を見ました。華瓶に入った花か何かの静物画だった気がしますが、ほとんど覚えていません。ただ、以前あなたが好きだと言っていたクレーのタッチとはちょっと違うなという感じがしたことは記憶しています。この時でも私は、一八歳の誕生日にあなたからもらったカードを大切にとってありました。そこに描かれたあなたの絵と美術サークルで展示されていたあなたの絵の作風の違いが、そのままあなたの心の内面の違いとなって表現されていたのではないかという思いが、今頃になって私の心に浮かんでくるのです。

この前後のことだと思います。これについても正確な日は覚えていないのですが、ある日の昼下がり、音楽サークルの部室前で仲間と屯していた私の目の前を、あなたが通り抜けて同じ建物に入っていったのです。私はすごく驚きました。こんなバラック同然のところにあなたが何の用で来たのか、私にはまったく理解できませんでした。私たちの音楽サークルには一年生の女子が二人入部していました。また他の女子大学からも何人かの女子学生がバンド仲間として加わっていました。彼女たちはほとんどみんな、私たちの部室のかなり荒れた環境には十分耐性を持っていたと思います。けれども私にしてみれば、ここはあなたが来るようなところではないという思いが強くありました。キャンパスのはずれの雑草が茂るこの空間は、その建物も含めて私の数少ない領域《テリトリー》であり、私にとってはあなたを忘れていられる唯一の場所でした。

この時一瞬、あなたと私は目が合いました。私の驚きをあなたが感じ取ったかどうかはわかりません。あなたは一人で薄汚れた建物の中に入っていきました。しばらく経ってから私は、美術サークルの部室がこの建物の奥に引っ越してきたことを知りました。なんの巡り合わせなのか、この時だけは否応なく、あなたのほうから私の近くに来ざるを得ないことになってしまったのです。これ以降、私は自分の部室の前で何度もあなたを目にしました。あなたと目が合うことも何回かありました。そのたびに私は、仲間の手前もあって外見上素知らぬ顔を装っていました。けれども私の心の中では、あなたが通り過ぎるたびにザワザワとした何かが揺れていたのです。殊にあなたが美術サークルの男子学生らと連れ立っている時はそうでした。あなたは私の前を通るたびに、あなたに向けられた私の視線を感じていたのでしょうか。その時のあなたの心の中は、一体何を思っていたのでしょうか。

二年生の秋まで続いた一年半に及ぶ教養課程の期間を通して、私があなたに直接的に近づくということはありませんでした。その意味では意図的にあなたを追いかけるということはなかったはずです。けれども広いキャンパスのどこかで、あるいは通学途上のどこかで、私があなたを目にするたびに、それがたとえどんなに遠く離れたところからであったとしても、私はあなたの後ろ姿を見続けていました。

一年生の初夏に運転免許を取得した私は、父に買ってもらった車にすぐに乗り始めました。それは白いスポーツタイプの2ドアクーペで、サークル活動が深夜になるような時には、ギターを積んでこの車で学校に行くこともよくありました。サークルの先輩たちのほとんどはそれぞれ車を持っていて、部室前で集まって雑談している時の話題はたいていギターの上達法についてか、あるいは車の上手い運転方法についてかでした。新米ドライバーの私は、初めのうちはかなりおっかなびっくりで危なっかしい運転でしたが、夏休みが明けるころにはそれなりに上達していました。サークルの女の子たちとあちこち遊びに行ったり、中学時代に好きだった女性《ひと》を乗せたり、高校時代の女友達とドライブしたりしていたのです。このころの私はギターを弾くか車に乗るかという私なりの方法で、何とかしてあなたを忘れようとしていたのかもしれません。けれどもその一方で私の心は、キャンパスの中であなたの姿をいつも追い求めていたのです。

分裂した精神状態のまま迎えた前期末試験の成績はひどいものでした。特に理科系では、必修の物理の力学は赤点をくらい、追試を受けてゲタをはかせてもらっても不合格でした。そのため私の大学での成績表には、この先将来にわたって〝力学：不可〟と表記されることになりました。

私たちの大学では、教養課程の理科一類の学生は半数以上が本郷の工学部に進学します。しかしその中でどの学科に進むことができるかは、二年生秋の進学振分けで決定されます。判定基準はそれまでの各学生の成績に基づいていました。当時、建築学科に進むためには、かなり高い平均点が要求されていたと思います。例年その時期になると、各学科の最低点《ボーダーライン》が掲示され、それぞれの学生は、自分の持ち点と比べて進学する学科を選んでいました。けれども大学受験に当たってあなたを選んでしまった私にとっては、建築学科以外には選択の余地はありませんでした。私は自分の平均点の多寡に関係なく、進学振分けの志望先に「建築学科」と書いて大学に提出したのです。「建築なんていわないでよ！」と言ったあなたの言葉に、私が素直に従うはずはありませんでした。

駒場の教養課程の学生には、他大学にはない〝秋休み〟という特権があります。一〇月半ばの秋本番という晴れわたる空が続く季節に、二週間近い休みが設けられていました。大学側の実情としては、その間に各学生の進学先を割り振るための作業時間に他ならないのですが、学生にとっては二年生後期から始まる専門課程に進む前の束の間の貴重な時間でした。

秋休みが明けるころ、学生に専門課程の進学先が通知されました。あなたはもちろん、私も建築学科に進むことになりました。私はかなり後になって知ったのですが、この年の建築学科は〝底割れ〟と言って、進学を希望する学生数が定員に届かなかったそうです。つまり教養課程の単位数を満たしてさえいれば、成績には関係なく誰でも建築学科に進学できたのです。これを教えてくれたのは私の音楽仲間の村松でした。後日、例の「夜這い」発言をした彼です。村松が言うには「オレの成績でも行けるんだから誰でも建築に行けるよ」とのことで、それはおそらくその言葉通りの意味で、私にも当てはまっていたのかもしれません。

その間の経緯がどのようなものであれ、いずれにせよ私が建築学科に進学することになったことには、計り知れない重大な意味がありました。入学後の一年半にわたり、遠くからあなたを見つめているしかなかった私は、すぐ目の前のあなたに自分が建築で生きていけることを、常に証明し続けなくてはならなくなったのです。

高校三年の秋からこれまでの二年近くを、何とか私から一定の距離を保って学生生活を送ることのできたあなたは、この先、大学卒業までの二年半に及ぶ期間を、あなたの意思とは無関係に、自分の目の前にいる私の存在を見続けなければならなくなったのです。

五〇人ほどの限られた人数しかいない同じ教室の中で、あなたと私のつらくて耐えがたい専門課程の日々が始まろうとしていました。

第3部

今に続く過去

14 大学院へ

一九八一年の三月、私たちは建築学科を卒業しました。あなたの心の在処《ありか》も私自身の心の在処《ありか》さえもほとんどわからないまま、盲滅法に走り続けた二年半の専門課程は既に過去のものとなりました。一九歳直前の春に私が下した選択によって引き起こされた出来事に関する責任のすべては、うやむやにされたまま何ら果たされることもなく、私は卒業証書を手にしたのです。

この年の四月からあなたは大学院修士課程の一年生として、かつて教養時代に通った駒場にあるH教授の研究室に通うことになりました。一方の私は本郷のM研究室に入り、工学部1号館に居座り続けました。初めて出会った時から高校の三年間と大学の四年間、合計七年間という青春の真っ只中で、私たちはそれぞれの視野の中に互いの存在が見える状態を過ごしてきたのです。高校二年の秋から高校三年の夏にかけての一年近い幸せに満ちた季節を除いて、それ以降今日までの四五年間を私は、あなたに対して私が犯したすべてのことに対する責任を何一つ全うすることなく、それらを全部なかったもののようにして生きてきました。

しかしそれは仮初《かりそめ》の安逸でしかなく、今現在の私の心が、どこかにあるはずの今現在のあなたの心を、ほんの僅かでも思い浮かべてしまうと、言葉にはしがたい苦しさとそこはかとない悲しみに囚われてしまうのです。そしてこんなにもつらい気持ちを、どうしても静めることのできない私は、明らかにあなたも、私とのつらい過去を忘れようとして忘れることができていないのだと恐れているのです。

一五年前のあなたの言葉「私の人生をメチャメチャにしたくせに……！」。

この言葉を私に投げつけざるを得なかったあなたの心の中を思うと、今でも私の心は深い闇の中で散り散りになってしまうのです。


しかしながら、私たちが大学院に進学した当時の本郷と駒場という物理的な距離は、ある意味で決定的でした。私が学校であなたを目にすることはなくなりました。そのためでしょうか、私の心は表面的には少しだけ落ち着きを取り戻し、自ずと建築そのものや都市や街などへ関心を向けることができるようになりました。大学院では時間的な拘束はほとんどなく、私は頻繁に旅に出かけてたくさんの建築や人々の暮らしを見て回りました。中学の時に父にねだった一眼レフを持ち歩き、あちらこちらの風景をフィルムに収めていました。それらの写真を研究会で発表したり、各地で見た建築や街の印象を旅行記として建築雑誌に掲載したりしていたのです。もしかしたらあのころの私の心の片隅には、それらの大学院生としての私の活動を、どこかであなたが見てはくれないだろうかとの思いがあったのかもしれません。遠く離れたあなたに、私がどれだけ頑張って建築に取り組んでいるかを見せたいと思っていたのです。つまりこの時になっても、まだ私の心はどこかで〝アンの魔法〟に囚われ続けていたのだと思います。それは駒場で大学院生活を送っているあなたに、建築を――つまりあなたを――選んでしまった私の存在を何としてでも認めさせたいとの思いを捨てられずにいた二三歳の私の姿でした。

中学時代から育まれた私の放浪癖は、大学で建築を学ぶ中でますます増幅され、その気持ちは国内だけでなく、もっと遠くの知らない国々にまで及ぶようになってきました。書物から得た知識を実際自分の目で見てみたいと思っていたのです。そのように、建築や都市へ純粋な関心が向かう時になってようやく、私はあなたのことを忘れていることができたのだと思います。

このころから私は少しずつ英語の勉強も始めました。外へ出ていくためには、少なくとも日常生活に困らない程度の意思疎通のための語学力は必要だと考えていたからでしょう。私の所属研究室を主宰するM先生は、若いころ米国の名門ハーバード大学の大学院で建築の研鑽を積まれていました。私もM研を卒業した後は、そんな道を進みたいと漠然と思っていたのかもしれません。

しかし一方で私の「英語」にもあなたの影が少しだけ兆していたことも事実です。高校一年の終わりか二年の始めごろでしょうか、お昼休みか放課後だったかに、私はあなたを含む何人かの女の子たちと他愛のない雑談に興じていました。あなたは「セーキさん、すごく好き……」と言っていました。この人はあなたのクラス6組の担任で英語の先生でした。同じ6組の女の子が「○○（あなたの愛称）は英語ペラペラしゃべっていたのよ」と、はにかむあなたの前で私に話してくれたのです。このしばらく後だと思います。私は、あなたのお父さんが大手精密機械メーカーに勤務していて、この時期のほとんどを海外で単身赴任していることを知りました。このことを私はあなたから直接聞いた記憶はありません。ただ幼いころのあなたが、お父さんについて家族で海外に暮らした経験を持っているということを、6組の誰かから教えられたような記憶はかすかに残っています。

駒場に戻ったあなたがどのような日々を送っていたのかは、私にはまったく見当がつきませんでした。けれどもあなたにとっても、これまでずっとこれ見よがしに、その存在を目の前で主張し続けていた私の姿を見なくてよくなったという事実は、とてつもなく大きかったのではないかと想像できます。私に会うことは絶対にないという安心感は、あなたの心の中を少しは落ち着かせていたのではないかと思うのです。私の想像に間違いがなければ、あなたは駒場でH教授の指導の下、私という夾雑物に邪魔されることなく、心ゆくまで建築の研究活動に邁進できたのだと思います。

大学院の二年間には本郷と駒場という空間的な差異により、私の中に今でも残るあなたの想い出は限られた数しかありません。そのうちの一つは、一九八一年の秋、私たちが大学院に進んで半年余り経ったころのことです。そのころ私は、建築雑誌が主催する学生向けの設計競技《デザインコンペ》に取り組んでいました。大手の給排水設備会社がスポンサーになって毎年開催されるアイディアコンペで、学生たちが「水コンペ」と呼んで親しんでいたものです。毎回違うテーマが設定され、参加者はそれに沿ってそれぞれのアイディアを競わせていたのです。学部時代には設計課題に追われてまったく時間の取れなかった私は、大学院になってようやく少し余裕ができていました。

この日も私は一人で薄暗い製図室の中で、A1判《サイズ》の大きなキャンソン紙に濃淡のエンピツで「水」を象徴する渓流や滝などの絵を描いていました。そこへあなたが通りかかったのです。もしかするとこの日に、数少ない大学院生向けの講義が本郷であったのかもしれません。

あなたは一人でした。チラッと私の図面《ドローイング》に目を向けて足を止めました。そしてあなたは私を振り返り「これどうなっているの……説明してくれる?」と言ったのです。

こんな取るに足りない出来事の記憶が、今のあなたの心に残っているかはわかりません。あなたは完全に忘れているかもしれません。けれども私の心の中には、この時のあなたの一言がしっかりと刻み込まれています。

あなたの声は小さかったけれど、極めて自然でした。そこには、大学時代の四年間に私たちの間で闘わされた激しい感情のやり取りを感じさせるものは、まったくありませんでした。何年も前の高校時代に私たちがさほど親しくなる以前の普通の友達同士で交わされるような、当たり前の会話の響きでした。私はそこまで自然で普通なあなたの声を聞くことができるとは思ってもいませんでした。そのうえこの時には、あなたのほうから私に話しかけてきたのです。今では〝たぶん〟としか言えないのですが、この時たぶん私は本当に嬉しかったはずです。あなたがどんなつもりで私に声をかけてくれたのかはよくわかりませんでした。けれども、あなたがあなたの意思で、あなたのほうから私に声をかけてきたことは、まぎれもない事実だったのです。

あなたの問いかけに、私は二言三言少しおざなりな返事をしたかもしれません。あなたの自然な言葉に私が何と言って返したのかは、今ではほとんど思い出せないのです。

私とあなたがこんなにも普通に、何のわだかまりもない様子で話したのは何年ぶりだったでしょうか。おそらく私たちが初めて出会った高校一年のころ以来でしょう。それ以降私たちの間で交わされた言葉のやり取りには、その頻度にもその内容にも、そしてその暗示する真の意味にも、濃淡限りない振れ幅が織り込まれていました。それは、十代後半から二十代前半に当たる思春期の入り口から出口までの異性間で交わされる、極めて一般的な会話の変遷過程の一例に過ぎないと捉えることも可能なのかもしれません。けれども私自身は今でも、これまでに私たちが交わした会話のすべてをそのように把握することは、絶対にしたくないのです。これまでにあなたが私にいった一言一言の言葉はすべて、その時のあなたの思いを直接私に伝えてくれた大切な言葉であり、たとえそれらが普通の響きでしかなかったとしても、あるいは胸を切り裂く鋭利な刃物のようなものであったとしても、そのこと自体が常にその時の私にとっては特別な意味を持っていたと信じているからなのです。

したがってこの日、あなたが私に問いかけてくれたあなたの言葉が、どれだけ〝普通〟に聞こえたとしても、そこにはその時のあなたの思いが込められていたはずであり、その意味では決して一般化されるような異性間のごくありきたりの言葉などではなかったはずなのです。そしてもしかしたらあなたのこの質問の言葉は、あなたがこの時になって初めて、建築に進んだ私の選択を認めようとしてくれていたことの微かな表れだったのではないかとも思えるからです。

建築学科での二年半の間に、私たちが日常的に〝普通に〟言葉を交わす関係になかったことはこれまでに書いた通りです。必然的に私たちは、同じ場所で同じように建築を学んでいながら、その間にまったく建築について語ることはありませんでした。学科内の友人同士でごく普通になされていた互いの作品について批評し合うこともありませんでした。古今東西の様々な建築家や様々な建築思想について議論し合うこともありませんでした。建築学科という閉じられた狭い空間の中で、私はあなたそのものを追い続け、あなたは私そのものから逃げ続けていたのです。そんなあなたと私の間で交わされた数少ない言葉は、どれもみな建築とは無関係の、互いの心の中を直接相手にぶつけ合い傷付け合う、感情のやり取りでしかなかったのです。そこには建築に関する専門的な話題はおろか、落ち着いて相手の心の中を想像する言葉が紡がれることはありませんでした。

この時のあなた自身の気持ちには、私が考えたようなこと——建築を学ぶことを選んだ私を認めること――は一切なかったかもしれません。少なくともあなたの意識として、そんなつもりはなかったでしょう。けれどもこの時、あなたが私の図面《ドローイング》を見て、それに関して私に説明を求めたことは歴然としていました。明らかにそれは、私が描きかけていた建築的な景観描写に関することであり、あなたが意識しようとしまいと、あなたはこの時初めて、建築そのものだけに関わる話題を私に投げかけてくれたのでした。そしてこの時、またしても私は、あなたの問いかけが持つ本当に重要な意味を、理解することができなかったのです。

製図室の薄暗がりの中で、私の図面を前に私たちがやり取りした言葉はほんの僅かでした。時間にしたら二～三分もなかったでしょう。私の返答に何ら誠意を感じなかったあなたは、すぐに背中を向けこの場を立ち去りました。そして私はその瞬間に、あなたと建築について話す機会《チャンス》を失ったばかりではなく、より本質的には、あなたの心を取り戻す最後の機会《ラストチャンス》をも失ったことになってしまいました。

駒場の研究室で、建築についてあなたが打ち解けて話をすることのできる友人が何人いたでしょうか。富城は学部卒業と同時に大手建設会社の設計部に勤めていました。本庄は大学院には進学できず、小さな設計事務所に勤めていました。「幻想」と言われることを承知の上で、あえて私はあなたに確かめたいのです。大学院に進学して半年余りのあの日、あの時、あなたは建築そのものを話題にして、気軽に話すことのできる他の人をどこかに求めていたのではないでしょうか。そしてたまたま目にした描きかけの建築図面に向かっていた私に、あなたは無意識のうちに声をかけてくれたのではないでしょうか。

先に私は、あなたの声が自然だったこと、何のわだかまりもないように聞こえたことを書いています。けれども、それをあの時の私に当てはめることは、完全な誤りとなります。あの時あなたの声を聞いた私の心の中は、未だにあなたに対するたくさんのわだかまりで溢れていました。そしてそれらの多くは、より大きくより輻輳したものとなって、今現在もまだ私の心に残されたままなのです。

もしかしたらあなたは、建築を話題にすることによってたとえ僅かであったとしても、私との関係性を少し修復しようとしたのかもしれません。そして私は、それまでに私自らの行いにより壊してしまったあなたとの関係性から来るわだかまりのために、あなたがかけてくれた〝普通〟の言葉を、ごく当たり前の自然なあなたの気持ちとして受け止めることができなかったのだと思います。簡単にいえば、私はこの時になっても高校三年の秋以降、壊れてしまったあなたと私との人間関係の軋轢を脱してはいませんでした。それに関して、あなたがどう思っていたのかは知るすべもありませんでした。一方のあなたは、そんな私のわだかまりには関係なく、あなたのほうから建築に関する話を持ちかけてくれました。大学入学後の四年間にあなたと建築に関して〝普通〟に話すことのできなかった私は、この時のあなたの問いかけが、高校時代の通学路であなたのいった「陽明門なんてキライよ……」という建築に対するあなたの〝普通〟の話につながっていることに思いをはせることすらできなかったのです。

　この時、私に背を向けたあなたの後ろ姿は、今の私の記憶には残ってはいません。この時のあなたの後ろ姿が少し淋しそうだったと思ってしまうことは、やはり今の私が心に描く「幻想に過ぎない」ことなのでしょうか。

15　二人の距離

大学院時代の二年間、私が駒場に行くことはありませんでした。私は本郷の工学部1号館で、勝手気ままな思い通りの生活を送っていました。研究会は週に一回、不定期に行われ、専門書の輪読や設計競技に参加したりするほかは、ほとんどサロンのような雰囲気だったのです。

このころの私があなたを目にする機会は、まったくと言っていいくらいになかったはずです。そのため私の心はようやく〝アンの魔法〟から解かれつつあったのかもしれません。それはあなたの側でも同様で、あなたが私と同じ空間にいなくてはならない必然性は完全になくなっていました。けれども、否応なくあなたが私の姿を見て私の声を聞かなくてはならない機会が、この二年間に少なくとも数回はあったはずです。修士設計の作品講評会と修士論文の発表会の時もそうでした。どちらも本郷で行われ、その日にはあなたも当然参加していたはずです。

修士設計の課題を担当されたのはあなたの指導教員のH教授でした。H先生は私たちが初めて建築の専門課程に進んだ二年の後期に、駒場で設計の初歩を教えてくださった先生でした。とても厳しい先生で、私たちが初めて描く図面にちょっとでも手抜きの跡が見られると、すぐにつき返されて何度もやり直しをさせられました。私はダメ出しをされるたびに、何とか食らいついていこうとしていました。そしてそんな私を、H先生は厳しい指導の中にも深い愛情をこめて、建築の世界へと導いてくれたのです。

数年ぶりにH先生から直接エスキースを受けられるとあって、私はこれまで以上に修士設計に力を入れていました。そして最終発表の講評会にしっかりと描き込んだ図面パネルと大きな模型を、意気揚々として持ち込んだのです。おそらくあなたも見ている前で、私は先生方に自分の作品を発表しました。私は自信に溢れていました。そんな私の姿をあなたはどんな思いで見ていたのでしょうか。そんな私の声をあなたはどんな思いで聞いていたのでしょうか。正直に言えばこの時の私は、その場にいるあなたの心の中を思いやる余裕はありませんでした。この期に及んでも私は自分のことだけに精一杯で、やむを得ず私と同じ空間に身を置かなければならなかったあなたのことを真摯に考えることはできなかったのです。その証拠に私は、この日あなたがどのような作品をどのようにして発表したのかについて、まったく覚えていないのです。私自身にはっきり意識されることはなかったとしても、この時の私の深層心理の中には目の前のあなたに対して「自分はこんなに建築をやっている」ということを、徹底的に見せつけようとする気持ちがなかったとはいえないのです。そしてその意味で私は、純粋な姿勢で建築に向かっていたのではなく、未だにあなたそのものを追い続けていたのかもしれません。それはまさしくあなたがいったように、私が創り出した「幻想」としてのあなたの姿だったのでしょう。

一九八二年の晩春でしょうか、修士二年になった私は研究会に出るためにM先生の部屋に行きました。既に何人かの大学院生や卒論生が集まっていて大きなテーブルを囲んでいました。そして部屋に入ってすぐに私は、あなたがM先生と話をしている姿を目にしました。いるはずのないあなたがどうしてここにいるのだろう……と、いきなり私の頭の中に疑問が湧いてきました。研究会はいつものように堅苦しいところは何もなく、少し気怠い雰囲気で始まりました。私はこの時仲間たちが何を話していたのかはまったく覚えていません。ただあなたの少し強張った背中が、私の目をとらえて放しませんでした。

しばらくすると、あなたはM先生に礼をして部屋を出ていきました。あなたは一人でした。あなたが私に気が付いたかどうかはわかりませんでした。ただM先生の部屋に何人もの院生がいたことは目にしたでしょうし、私がこの研究室に所属していたこともあなたはよく知っていました。

この時こそ私はあなたを追いかけるべきでした。幻想ではない本物のあなたを、一人で部屋を出ていったあなたを、私は追いかけるべきでした。研究会そのものに何ら強い拘束力はなく、中座しても何ら問題はなかったはずです。私は1号館に来たあなたを追いかけて「久しぶりだね……どうしたの……」と〝普通に〟声をかければよかったのです。半年余り前の秋、あなたは私に〝普通に〟声をかけてくれました。そして建築について話をしようとしてくれたのです。けれどもこの時私は、一人で本郷に来たあなたを、追いかけることも〝普通に〟声をかけることもできませんでした。二年前の春、刃傷沙汰の後には、製図室ラウンジから飛び出したあなたを私は必死になって追いかけました。けれどもこの時私は、追いかけることすらできなかったのです。おそらくあなたは就職相談のためにM先生を訪ねてきたのだと思います。たぶんこの前にあなたはK先生にも会っていたかもしれません。そのためにあなたはわざわざ本郷まで来たのだと思います。当然駒場でもあなたはH先生に同じような相談をしていたでしょう。

修士課程修了後のあなたが、一九八三年四月から植田建築設計事務所に勤め始めたことを、今の私は知っています。植田氏は集合住宅などを得意とした気鋭の建築家でしたが、私は彼の作品を建築専門誌などで見ていただけで、彼の設計者としての個人的な人となりは知りませんでしたし、もちろんお会いしたこともありませんでした。何よりも私は、あなたが植田事務所でどのようにして建築と向き合っていたのかについて知る機会は、まったくありませんでした。つまり今に至るもあなたと私は、共に学び携わってきた建築というあらゆる人間にとって根源的な意味を持つ空間芸術について、〝普通に〟話し合うことすらできてはいないのです。

大学院の二年目を私は、とりわけ建築だけに集中して過ごしてきました。春先から五月末までの三か月ほどは一人でヨーロッパを放浪しながら、様々な街や建築を見て歩きました。夏から秋にかけては、研究室の仲間や後輩たちと一緒に大きな国際設計競技《コンペ》に参加しました。それは香港のビクトリアピークの頂付近に豪華ホテルクラスの集合住宅を含む複合施設を設計するというもので、一等案は実際に建設されるという触れ込みでした。この数か月間を私は、毎日スケッチを描いて図面や模型製作の仕事に明け暮れていたのです。後日、私たちの案はかなりのところまで勝ち残ったと国際審査員のI氏から聞いたのですが、一等案には及びませんでした。

この設計競技と並行して秋から年末ギリギリまで、私は卒業後の米国留学を目指して、これまでに自分が設計した作品をまとめた作品集の作成にも取り組んでいました。それには修士設計の作品も、このコンペの作品も含まれています。

年が明けた一九八三年の一月初めから、私はM先生がご自分で参加したより大きな国際設計競技に、設計チームの一員として加わりました。パリのデファンス地区というシャンゼリゼ通りのルーブル宮とは反対側にある地域の再開発計画を求めるコンペで、いわゆるパリの〝新凱旋門〟の設計案が中心になっていました。M先生はご自分のM事務所の若手スタッフ数名と大学院のM研究室の院生とからなる設計チームを率いて、私も微力ながら持てる力のすべてをこのコンペに注ぎ込んでいたのです。

その一方で私は、この間に自分の修士論文を仕上げなくてはなりませんでした。この年の手帳を見ると、修士論文の提出期限は二月五日の土曜日でした。そしてパリのコンペの締め切りは三月一日でした。コンペの〆切前の数週間は寝食以外のほとんどの時間は、プレゼンテーション作業にかかりきりになります。私にとっては、本当に体力のギリギリまでを使い果たすような綱渡りの日々でしたが、それだけに建築のことだけを考えていられるという、別の意味では幸せな時間だったのかもしれません。

二月一八日の金曜日、朝九時から本郷で修士論文の発表審査会がありました。私の修士論文の主査はM先生で、他にもK先生や駒場のH先生ももちろんお出でになっていました。私はパリコンペの作業を半日休んで、大学院最後の必修科目の発表に臨みました。この発表会には当然あなたも出席していたはずです。意匠系の四つの研究室で修士論文を提出したのは、あなたと私を含めて一〇人足らずだったと思います。午前中いっぱいかかったこの場で、私はあなたの発表も間違いなく聴いていたはずです。それなのに私は、あなたの修士論文の内容はおろか、テーマについてさえまったく覚えていないのです。それ以前の問題として、この場にいたはずのあなたの姿をほんの微かな面影としてさえも、私は思い出すことができないのです。

限られた時間で書き上げた私の論文のテーマは、東京という都市の景観とそれを見る私自身の心象風景の関連性についてでした。私は都内の盛り場など——特に新宿の超高層街——の写真を撮りためていました。論文では、私が撮影したそれらの東京の写真を多数用いながら、私の心に浮かんでは消えていく都市への想いを、かなり抒情的に表現していました。しかしあのころの私は、文章を綴ることよりも、実際に建築を創ることのほうに魅かれていました。そのためなのか、時間的制約を言い訳にはできませんが、私の論文は都市空間の上澄みだけをちょっとすくったようなものになってしまったのだと思います。この日の思い出として私の記憶に残っているものは、あなたに係わることは何一つなくて、私の発表後に生産技術研究所のH教授がいった「やろうとしていることはよくわかるんだけど、それぞれの事象についてもっと掘り下げて考察するべきだったね」という講評の言葉くらいなのです。

三月一日の夜遅く、パリコンペの図面一式を郵便局からフランスに発送して、ひとまず私はコンペチームの一員としての仕事に一区切りを付けました。既に卒業に必要な単位はすべて取得済みで、後は月末の学位授与式を待つばかりでした。そんな私にM先生は声をかけてくださり、週明けの三月七日の月曜日から私はM事務所で設計実務につくことになりました。その日から七月初めまでの四か月余りを、私はM事務所の新米所員として連日設計の仕事に取り組んでいました。それは私にとって、実務を通してさらに建築を学んでいく素晴らしい経験の始まりとなったのです。

四月初め、事務所でM先生に呼ばれた私は、先生から直接、ハーバード大学の大学院に合格したことを伝えられました。大学からの正式な合格通知はまだ届いていませんでしたが、アメリカにも多くの知己を持つM先生には、早くからその情報が伝わっていたのだと思います。この時M先生は私に「英語だけはしっかりやっておくように」と言ってくれました。

この四か月後、一九八三年八月一二日に私は家族に見送られて、日本を離れて米国へと旅立ちました。三年余りの異国生活で私があなたに会うことはもちろんありませんでした。あなたの声を聞くことも、あなたと手紙をやり取りすることも、当然ありませんでした。

既に遠く離れてしまっていたあなたと私との心理的距離は、私の留学による物理的距離の拡大に伴って、これまでにない最大限度にまで遠ざかることになったのです。

渡米前に私があなたを目にした最後の日はいつだったのでしょう。それは明らかにあなたの立場からいっても、あなたが私の姿を目にした最後の日だったはずです。過去をさかのぼる私の記憶に間違いがないとすれば、それは大学院の学位授与式の日だったと思います。

三月二九日の火曜日、一一時から工学部1号館の建築学科製図室ラウンジで、工学修士の学位がそれぞれの学生に授与されました。格式ばった儀式的なものは一切なくて、学位証書が手渡されただけだったと思います。もちろんあなたも参加していたはずですが、この場でのあなたの様子も含めて、私には式に関する記憶はほとんど何も残ってはいません。午後はそれぞれの研究室ごとにお祝いの席が設けられていたようです。私は院生室の自分の製図版の周りを片付けて、昼過ぎからM研究室のささやかなパーティに参加しました。

この日の夕方、修士課程を修了した同期生による飲み会がありました。もしかしたら、その場所を提案したのは私だったかもしれません。そこは、本郷台地を上野不忍池へと下り、湯島の雑踏を抜けた裏通りにひっそりと店を構える煉瓦造りの蔵でした。好んで酒を飲むことのない私でも、戦火をくぐり抜け焼け残ったこの古びた蔵造りの酒場の雰囲気はかなり気に入っていて、自宅から近いという地の利もあって、何回か足を運んだことがあったのです。内部も壁は粗い煉瓦の肌がむき出しのままで、黒く煤けた太い木造の梁がかけ渡され、一部が天井の低い中二階になっていました。この小さな酒場に意匠系の卒業生だけでなく、計画系や構造系、設備系の各研究室で修士号を得た同期の学生二十数名ほどが集まりました。狭い蔵の内部は完全に貸し切り状態で、お祝いの熱気に満ち溢れていました。その中に少しだけ頬を上気させたあなたの姿もあったのです。

紅一点だったあなたは、周りの男子学生たちとごく普通に学位取得の喜びを分かち合っていた様です。誰もがみな、それぞれの人生の新しい門出をたたえていました。けれどもこの夜の内輪の祝いの席で、私はあなたのそばに近づくことも普通に言葉を交わすこともありませんでした。もちろんあなたのほうから私に声をかけてくることもありませんでした。あなたの近くに本庄や富城がいなくなって既に二年が経っていました。そしてあなた自身も、私との間で言葉では言い尽くせない怒りと苦しみと、それに伴う憎しみとを味合わされた本郷キャンパスを離れて二年が経っていました。

この日、この蔵造りの酒場であなたの心の中に、たとえ僅かではあっても私のことを考える気持ちがあったでしょうか。あなたと私は互いに目を合わせることもありませんでした。そのことは、私がすぐ近くにいるあなたに対して無関心を装いながらも、これまでのわだかまりを拭えないままあなたへの思いを捨て切ることができなかった現われであったように、あなたにとっても、もしかしたら私という存在を未だに意識せざるを得なかったことの現われだったのかもしれません。今の私がそう思ってしまうのも、あなたにいわせれば「幻想」なのかもしれませんが……。

もしかしたらこの時既に、それぞれの存在位置という物理的な距離をはるかに超えて、あなたの心の在り処と私の心の在り処という私たち二人の精神的距離は、大学院修了という日を境にして、無限遠にまで広がってしまったのかもしれません。

高校一年の最初の出会いから積み重ねられてきたあなたと私の過去の歴史は、この時既に丸九年が過ぎようとしていたのです。

16 遠い国から帰って

三年余りの海外生活を終えて一九八六年の春の盛りに、私は〝遠い国から帰って〟きました。ちょうどあなたが二八歳の誕生日を迎えたころでした。この時既に私は両親を亡くしていました。そのことが私の帰国の直接の理由だったのですが、わずか四か月余りの間に立て続けに最愛の父と母を喪った私の精神は、日本に帰ってきてもしばらくはひどく病んだままでした。

一九世紀最後の年に英国へ旅立った若き日の漱石は、倫敦での孤独な日々から強度の神経衰弱に陥りました。「金之助狂せり」の報が日本に伝わり、二年余りで漱石は二〇世紀初頭の日本に帰国しました。取り立てて私は、自分が漱石の味わったような孤独感に苛まれた覚えはないのですが、時代も場所もまったく異なってはいても「遠い国から帰ってくる」という経験は、その際の帰国理由が何であれ、その人の精神状態に何らかの影響を与えずにはおかないことなのでしょう。

日本に戻った私は両親の死後の後片付けに追われ、残された二人の弟たちの面倒を見ることに忙殺されていました。心の病を自覚することもなく、目の前の煩雑な用事を一つ一つ終わらせることで、何とか精神の平衡を保とうとしていたのです。

そんな私に救いの手を差し伸べてくれたのはやはりM先生でした。両親だけではなく、建築への道も失いかけていた私にM先生は声をかけて下さり、この年の夏の終わりから私は再びM事務所で設計の仕事に携わるようになりました。帰国後数か月間の空白期間《ブランク》はあったものの、実際の建築設計の現場に身を置くことで、私は少しずつ気持ちの上での落ち着きを取り戻してきたのだと思います。

M事務所に勤め始めて半年以上が過ぎたころ、正確には一九八七年が明けて私が二九歳の誕生日を迎えて数日経った日のことでした。M事務所にいた私に夕方近く電話がありました。あなたのお父さんの訃報を伝える連絡でした。誰が報せてきたのかは覚えていません。しかしこの電話で私の心に、この数年間ほとんど思い出されることのなかったあなたのことが、ありありと浮かび上がってきたのです。そして私が日本を離れるまでの九年余りの年月に、あなたと私との間で起きたありとあらゆる出来事が、一瞬のうちに私の心を駆け巡っていきました。

四月二一日火曜日の夜、私はいつもより早めにM事務所を出ました。着替えて黒いネクタイを結び、あなたの家に向かいました。過去に何回か通った道は、この夜もすぐに思い出しました。遅い時間だったためか弔問客の姿はなく、私はすぐに霊前に案内されました。以前あなたと初夏の日を過ごした玄関脇の応接間に祭壇がしつらえられていて、その中央にあなたのお父さんの遺影が置かれていました。初めて会うあなたのお父さんでした。穏やかで優しそうなお顔だったと思います。ただその二つの目は、じっと私のことを見つめていたように感じられました。私は型通りに焼香をして手を合わせました。そして心の中であなたのお父さんに向かってこう言いました。

「あなたの大切な娘さんに、これまで私が犯した罪をどうぞお許し下さい……」

今のあなたからすれば、このような私の言葉などとても信じることはできないと、頭から突っぱねるでしょう。あるいは、私が自分勝手な嘘八百を並べ立てているとして、歯牙にもかけないでしょう。けれども私は、これまでにあなたとの間にあった過去のすべてを一つ残らず正直に書いていくと決めたのです。ですから遺影との対面も、この後に続いた小さな出来事も、すべてこの日私があなたの家で経験した現実にあったことなのです。

普通であれば亡くなった方の家族や親族のすわる席に、あなたの姿はありませんでした。あなたのお母さんもいませんでした。霊前で私を迎えてくれたのは、三、四人の見知らぬ男性ばかりだった覚えがあります。そのうちのお一人が、焼香を済ませた私をお清めの席に案内しようとされました。私はそれを丁重に断ってすぐに玄関へと退出しました。

実は私の中には、もしかしたら霊前で遺族席のあなたと会って、目を合わせることになりはしないかというある種の恐れがありました。その場合、お父さんを亡くしたばかりのあなたに対して私がどうすべきかについて、あらかじめ考えておくような心の余裕は私にはありませんでした。したがって、あなたと顔を合わすことのないまま霊前を辞した私は、もしかしたら少しホッとしていたのかもしれません。

あなたや家族の方、そして他の知り合いにも誰一人会うことのないまま、私が玄関で靴を履こうとしていた時のことです。突然黒い和服姿の女性が私の背中に声をかけました。そして振り返った私に、玄関の式台に両手の指先を付けて丁寧に礼をされたのです。その方はあなたのお母さんでした。少し驚いた私は、改めてあなたのお母さんにお悔やみを申し上げました。その時、あなたのお母さんは、私にはちょっと信じがたいことを求められたのです。ぜひもう一度亡き夫に会ってくれと私にいったのです。私の腕を取らんばかりの勢いで、凛とした口調で「ぜひもう一度……」と繰り返しおっしゃいました。私が既に焼香を済ませて出てきたことは明らかにご存じのはずでした。けれどもそんなことに構う様子は、あなたのお母さんには見られませんでした。式台から私を見上げるあなたのお母さんの強い眼差しに促されて、私は言われるままにもう一度、あなたのお父さんの霊前に進みました。二度目の対面で私が遺影に向かって何を言ったのかは覚えていません。傍らには先ほどと同じ男性方が控えていました。この時既に、あなたのお母さんの姿はありませんでした。

私があなたのお父さんに向かって最後の礼をしてから振り返ったときです。先ほどはぴったりと閉じられていた部屋の仕切りの襖が、一五センチほど開いていたのです。私は一度も入ったことはありませんでしたが、襖の向こうは普段あなたの家で居間として使われていた部屋だと思います。そこがこの日は、通夜に訪れた人のためのお清めの席となっていました。まだ何人かの弔問客が残っていたようです。そしてそのわずかの隙間から、私はそこで立ち働いていたあなたを目にしました。

あなたの姿は私の体全体を一瞬で凍り付かせるような強烈な衝撃となって、私の心に襲いかかってきました。まるで時間が止まってしまったかのように、私の体はその場で身動きができなくなりました。あなたと私との間はどのくらい離れていたのでしょうか。あらゆる動きは止まり、あらゆる音は聞こえなくなりました。私はただ微動だにせず、襖の狭い隙間から少し青ざめたあなたの顔をずっと見つめていたのです。

私があなたの姿を目にするのは何年ぶりだったのでしょうか。その瞬間の私には、そんな遠い過去の記憶を思い起こさせるような冷静さはありませんでした。あなたの装いはどのようだったのでしょうか。黒い喪服姿だったことは確かです。けれどもそれがあなたのお母さんと同じような和装だったのか、あるいは洋装だったのかは、私の記憶にはありません。けれども喪服の上に羽織ったエプロンよりも、あなたの顔はもっと白く血の気がなかったことを、私は今でもはっきりと想い出すことができるのです。

私は、あなたのお父さんが亡くなったときの経緯についてはまったく知りませんでした。前日に連絡を受けた際にも、葬儀の日時と場所を聞かされただけでした。そして今に至るまで、私はその詳細についての知識はありません。けれども二九歳の誕生日を迎える少し前に、あなたがお父さんを亡くしたことに間違いはありませんでした。その時のあなたの心の中を想像するだけで、私の胸には深い悲しみが溢れてきます。どれほどあなたはつらかったでしょうか。どれほどの悲しみにあなたは沈んだのでしょうか。しかし、この少し生暖かい春の夜に私が目にしたあなたは、そのような自分の感情はすべて押し殺して、父の死を弔うために黙々と働いていたのです。そんなあなたの姿に、私の心は涙を禁じ得ませんでした。

今でも私は信じていることがあります。この日どこかであなたのお母さんは、私の姿を認めたのだと思います。そして夫の霊前を辞した私を帰り際で捉えたのです。もちろん背後から声をかけられた時に私は自らを名乗りました。あなたとの係わりで最もわかりやすい「附属の……」と頭につけて。しかしあなたのお母さんは私からいわれるまでもなく、私を私とはっきり認識されていました。そのうえであなたのお母さんは、もう一度私に遺影の前に出ることを求めたのです。そしてその時、仕切りの襖は少し開いていました。

私には、あなたのお母さんが何としてでも私に、あなたの姿を見せようとしたとしか思えないのです。私の二回の焼香の間に他の弔問客はありませんでした。またこの間に清めの席を出てきた客もいませんでした。つまり、一度目にはぴったりと閉じていた襖が二度目に開いている理由は何もなかったのです。喪主であるあなたのお母さんがご自分でそれを少し開けたとしか、私には考えられないのです。

あなたのお母さんがどのような意図で私を引き止めたのかは、今でも私の心を悩ませ続けています。この夜、あなたのお母さんが私に、あなたの姿を一目見せたかったのだということは明らかだと思います。しかし私にそうさせたかった心の中には、どのような思いが秘められていたのでしょうか。

それまでに私は、あなたのお母さんには二回しかお会いしていませんでした。二回とも私たちが高校三年生だった一九七六年の夏の日のことで、場所は二回ともあなたの家でした。そしてこの日までに、私たちがあなたの部屋で二人きりで過ごした時から、既に一一年の歳月が流れていました。そんなにも遠い過去の日に二回しか会っていない私のことを、あなたのお母さんは覚えていてくれたのです。あの夏の日の午後、あなたのお母さんは、自分の娘が同級生の男の子と二人だけで娘の部屋に入ることを許していました。初めての時は階下の応接室でした。しかし二回目には、あなたの部屋で私たちが二人きりになることを、あなたのお母さんは黙って認めてくれたのです。当時一八歳だった私は、そんな暗黙の承認の裏に母としてのどんな思いが隠されていたのかなどには思い至りませんでした。だからあの日の帰り際、あなたのお母さんが私にいった言葉の本当の意味も、私には理解できなかったのです。

二人きりのあなたの部屋で、私があなたにしなければならなかったことを何もできなかったその日の夕暮れ時に、玄関を出た私にあなたのお母さんはこう言ったのです。

「〇〇（あなたの愛称）はこんな子だから、早く嫁がせないとずっと一人きりになっちゃうだろうから……」

そんな母の言葉を娘はごく当たり前のようにして聞き流しながら、私に手を振っていたのです。

これを聞いた私が少し驚いたことは確かですが、そこにどれほどの真実味があったのかは全然理解できませんでした。男としてはかなり奥手《ナイーブ》で精神的な成長もさしてみられなかった一八歳の私にとって、娘を「早く嫁がせたい」と思う母の気持ちは、当時の私が理解できる領域をはるかに超えていたことは確かでした。しかし、まさか一一年後のこの日まで、あなたのお母さんが私に対して当時と同じ思いでいたはずはないでしょう。そしてそうであれば、何故母は一一年後の娘の姿を私に見せようとしたのでしょうか。

　あなたはもちろん、あなたのお母さんも私が通夜に来ることは予想しなかったと思います。この夜私があなたの家にいたのは、たかだか一〇分足らずのことでした。したがってあなたのお母さんが私に声をかけたのは、もしかすると単なる偶然だったのかもしれません。そして二回目に仕切りの襖が少し開いていたのも偶然だったのかもしれません。何度となく私は、混沌としたままの自分の心にそう言い聞かせながら、この夜の出来事を簡単に受け流そうとしてきました。けれども、あの時私があなたの姿を目にしたことは紛れもない事実であり、その機会を半ば強引につくりだしたのが、あなたのお母さんだったことも確かなことなのです。

　このように書きながら、今私はもう一つの恐ろしい可能性に気が付きました。あなたのお母さんはもしかしたら、夫の遺影に手を合わせる私の姿をあなたに見せたかったのかもしれません。仮にそうだったとしたら、そこにはどのような意図があったのでしょうか。

初めて遺影に向かった時に、私があなたのお父さんにそれまでのあなたに対する罪について謝罪したことは、前に記した通りです。亡くなった父親に謝って済むことではないことは重々承知していますが、それでも私はそうせずにはいられなかったのです。そのことだけが、通夜の席に私が足を運んだ理由でした。だからその場であなたに会ったとしたらどうするべきかについて、あらかじめ私が考えることはできませんでした。

二回目に霊前に出た私の後ろ姿を、その時あなたは見ていたのでしょうか。その可能性がないとはいえないでしょう。けれどもその場合、私を引き止めた直後に母は娘にその事実を伝えることが必要でした。仮にこの禍々しい想像が少しでも正しいとしたら、母は以前に自分が了解を与えた男が、その後とんでもない罪を娘に対して犯したことを知っていたことになるのだと思います。それゆえに、私があなたの亡き父に謝罪すべきとして、霊前に出させたのかもしれません。母がその男の罪を知る唯一の伝手《ルート》は、娘の口から聞かされる以外にないでしょう。けれども今の私は、そんなことは絶対にあり得ないとわかっています。あなたが私から被った悲痛な思いをお母さんに伝えたことは一度もなかったということに、私は確信を持っているのです。なぜなら、五月祭の夜に私があなたの部屋に侵入した時に、あなたは悲鳴を上げることも大声を出すことも一切なかったという事実があるからです。あなたはそれを本庄には訴えました。富城にも伝えました。けれども、あなたがそれをあなたのお母さんに話したことは、一度もなかっただろうと私は想像していま す。したがってあなたのお母さんは、高校卒業後からのあなたと私とのつらく苦しい係わりについてはほとんど知ることのないまま、夫の通夜にやってきた私にあなたの姿を見せたかったのだと思います。

親は子どもが思う以上に子どものことを思うものです。「親思ふ心にまさる親ごころ……」という松陰の一首を持ち出すまでもなく、私はこの当たり前の命題を信じて疑いません。そしてそうであれば、たとえあなたが私から苦しめられた日々について母に話さなかったとしても、あなたのお母さんは、学生時代のあなたの日常からそれを感じ取ったかもしれません。それに関してはもう私には知りようのないことであり、母娘の間の精神的で強固なつながりの中に、第三者の私が入り込む余地などあるわけもないでしょう。

下宿先の〝御嬢さん〟にひそかに心を寄せていた大学生の男は、その母親である〝奥さん〟の真意を些細なことから疑い始めました。さらに彼は奥さんに加えてその娘でもある御嬢さんに対しても疑問を抱き、母娘二人が万事打ち合わせの上やっているのではないかと煩悶します。そんな禍々しい想像にこの男は「絶体絶命のような行き詰った心持」になってしまうのです。

『こころ』の主人公〝先生〟が若き日の自分の心中の苦しみを遺書の中に綴った部分《エピソード》が、そのままあなた方母娘と私との関係に当てはまるなどとは決して思ってはいません。上述したように、私はあなたが大学の建築学科在学中に私との間で起きたつらい日々のこと《エピソード》を、お母さんに話していたとはとても思えないのです。けれども私の心の奥底では、夏の日の夕暮れにあなたのお母さんが私にいった一言と、その一一年後の通夜の霊前で私にあなたの姿を見せようとした行為との間に、母として娘を思う心の中で私に対するどのような感情が生じていたのかを考えてしまい、今でも煩悶し続けているのです。

一五年前、あなたとの最後の電話で、私はあなたにこの夜のことを話しました。あなたのお父さんの通夜の席で私があなたを目にしたと、あなたに話したのです。けれどもその時に私はその経緯について、つまりあなたのお母さんの強い要望を受けた結果として、開いていた襖の隙間からあなたを見たということは話しませんでした。そこに至った原因は別として、あの夜の私にとっては、何年ぶりかであなたの姿を目にしたことがあまりに大きな衝撃だったことを、あなたに伝えたかっただけなのです。そしてそれを聞いたあなたは、私にとって耐えることのできない苦痛をもたらす言葉を投げつけてきました。

「あなたは私の父の死まで利用して……」

あなたの言葉がどのように続いたのかは思い出すことができません。「父の死まで利用して私を追いかけようとした……」だったのか、「――私を追い詰めようとした……」だったのか、今ではもう忘れかけています。けれどもあなたがはっきりと「私の父の死まで利用して……」と言ったことは、今でも私の心を幾重にも切り刻んでいるのです。

あなたがお父さんを亡くす一年五か月ほど前の一九八五年一一月半ばに、私は父を喪いました。そしてその四か月後の一九八六年三月末に、私は母も喪いました。二人とも致死性の病でした。そして私は、父の死に目にも母の死に目にも会うことはできませんでした。そのいずれの瞬間にも、私は数千マイルも離れた遠い国にいたのです。

当時勤めていた設計事務所のハロウィンパーティで私は、ユダヤ系、ロシア系、イタリア系、中国系などの様々な出自《バックグラウンド》を持つ仲間たちとパンプキンカービングの所内コンペを楽しんだばかりでした。ニューイングランドの秋はとても素晴らしく、色とりどりに染まった紅葉に加えて、豊饒な実りを楽しめる季節でもありました。

そんな幸せな秋が深まったある真夜中、寝静まっていた私を電話の音が襲いました。末の弟が一言「さっきお父さんが亡くなりました……」と伝えてきたのです。彼の言葉を耳にした時の私の心がどこにあったのかは、今でもまったくわかりません。弟の声が小さく全然抑揚がなかったことだけは覚えています。私は「すぐ帰るから……」と言ってベッドに突っ伏しました。その後アパートの寝室で「親父が死んだ……親父が死んだ……」と何度も叫びながら、大声で泣いている私がいました。

デイライトセイビングタイム（夏時間）が終わったイースタンタイム（米国東部時間）は、日本標準時とは一四時間の時差があります。私が弟から電話を受けた時、東京は一五日の夕方五時を過ぎていたはずです。後日私が聞いたところでは、父は帰宅途上の上野駅近くの路上に倒れていたそうです。四年前に急性解離を発症した大動脈が大きな瘤となり、それが体内で破裂して亡くなったのです。五六歳でした。

一睡もできない夜が明けた後も私は泣き続けていました。ビザを取り航空券を手に入れるために出歩いたハーバードヤードでもケンブリッジの街中でも、私は人目も憚らず泣いていました。「親父が死んだ……」と思うたびにその現実を受け入れられないまま、私は大声を上げることを堪えることができませんでした。当時ボストンから成田への直行便はありませんでした。ローガン空港から乗った飛行機は、シカゴ・オヘア空港で給油しました。トランジットの間も私は泣き続けていたはずです。私の体が地上を離れていた時だけ、父のそばに向かっているのだということが感じられて、ほんの僅か涙を堪えることができたと思います。

成田で迎えの車に乗り、その車内で用意されていた黒い服に着替えました。ようやく近づいた実家周辺の街並みは、夜の闇の中でたくさんの外灯や車の光に照らしだされて、車窓から見る限り、私にとっては一度も来たことのない別世界のように感じられました。

母は狭い実家での葬儀を避けて、近くの寺に父の遺体を安置していました。そこに私が着いた時には通夜の客はほとんどいなくて、集まっていた親族もいったん引き取り始めていました。深夜近くになって、ようやく私は誰もいない本堂に置かれた棺の中の父に会うことができました。白装束を纏った父の顔を見た時に、私は「何で死んだんだよ……！」と物言わぬ彼に激しく悪態をついていました。そして再び大声をあげて泣いていたのです。

父の葬儀後、付随するいくつかの雑用を済ませた私は、年が明けてすぐに米国東海岸の自宅アパートに帰りました。出国前夜、私は母と二人で枕を並べて寝《やす》みました。そして次の日の母との別れが、私にとって生前の母との永遠の別れとなったのです。

米国に戻った私は、勤務先の設計事務所での仕事に復帰する傍ら、アメリカの大学で教職を得ようと活動を始めました。この冬の間、いくつかの大学に書類を提出して就職面接《インタビュー》に呼ばれ、かなりの手ごたえを感じたところもありました。しかし当時の私の心には、それまでのようにハーバードヤードの雪景色を楽しむ余裕はありませんでした。そんな名残雪のある深夜、再び電話が鳴りました。再び末の弟の声がして「お母さんが倒れました……」と伝えてきたのです。

この時、母はまだ生きていました。外出先でクモ膜下出血に襲われ病院に搬送されたそうです。留守宅を預かっていたすぐ下の弟が実家近くの大学病院に転送を依頼し、準備が整い次第、母は手術を受けることになりました。今回、私はまだ泣くことはありませんでした。「大丈夫だから……まだ生きているから……」と自分に言い聞かせながら、私は飛行機に乗りました。

私が病院についた時に、母はまだ手術室の中にいました。

私は何時間待っていたのでしょうか。弟二人も母の親族たちも大勢待っていました。ようやく〝手術中〟と赤く点灯していたランプが消えて、その後さらにかなりの時間が経ってから、私たち兄弟は母の容態についての説明を執刀医から聞くことができました。集中治療室のベッドで母に会うことができたのは、それからさらに時間が経っていたと思います。母に意識はなく、私はまだ麻酔から覚めていないからだろうと思っていました。しかしこの後何日間も母の意識が戻ることはありませんでした。そして三月の年度末間近の日に、病院から私たち兄弟に連絡がありました。すぐに来るようにとの報せでした。

集中治療室の母のベッド周りには様々な医療機器が所狭しと並んでいて、母の体にはたくさんのチューブやコードが取り巻いていました。母の頭は白いガーゼで何重にも覆われていて、メッシュ状のネットで包まれていました。目を閉じたままの母の顔は少し歪んで何かに苦しんでいるように見えました。私たちが来た時に、担当医は徐に母に心臓マッサージをしてくれました。既に自発呼吸も心拍数も０に近づいていたようです。様々な機器のモニターがすべて０を示した時、医師はマッサージを止めて腕時計を確認しました。そして私たちに深々と一礼をして「ご臨終です」と低い声で告げたのです。母は五一歳でした。

既に親族たちも病院に集まっていました。母の兄弟妹《きょうだい》たちも全員来ていました。そこで一つの小さな事件が起こりました。母の臨終後少しして私は主治医から呼ばれました。母の頭部には脳動脈瘤ができていて、それが破れたことによりクモ膜下出血を起こしたことは以前に聞いていました。しかしこの時、医師は私に母の検死解剖をさせてくれないかと要望したのです。手術後に母の意識は戻りませんでした。母は数日間死んだように眠り続けていました。医師は、自分たちの手術の成果とその後の病態の変容過程を、母の遺体を切り開くことで確認させてほしいと言ってきたのです。

かつて若気の至りで医学への道を少しだけ思ったことのある私は、この時かろうじて、心の中の悲しみと精神の合理性とを切り分けて考えることができました。もしかすると立て続けに両親を失った衝撃の大きさのために、既に病みつつあった私の心は、その悲しみを感じることさえできなかったのかもしれません。なぜか合理的精神だけが生き残っていた私は、半ば医師の言葉に同意しつつも私の一存だけで決めるわけにもいかず、家族に相談してからと言って一度医局を出ました。

その後、深夜の待合室は修羅場となってしまいました。私の弟たちは別にして、親族は押しなべて反対でした。特に母の兄弟妹たちの反発はすさまじく、一番下の妹（私の叔母）は半狂乱になって「お姉さんがかわいそうじゃない！」と私に食って掛かりました。まだ健在だった母の母（私の母方の祖母）も「こんな逆縁はないよお……」と悲嘆に暮れていたのです。

母に対するこれらの人たちの思いを私は無視することはできませんでした。長男である私は家族を代表して再び医局へ行き、「このまま母を引き取らせてほしい」と主治医に告げました。

その日の夜中、自宅に帰ってきた母と私はもう一度枕を並べました。前回一緒に寝《やす》んだ時の母は少し淋しそうでしたが、それでも小さな寝息をたてていました。この夜の母は目を開くこともなく、何も言うこともなく、白い布に包んだ大きなドライアイスの塊を動きのない胸に抱えていたのです。

母の葬儀をすませた後、私は再三度《みたび》アメリカへ戻りました。この春の上野のサクラがどれだけ美しかったのか、私はまったく知りませんでした。もしかしたらそれは、この世で一番儚いサクラだったのかもしれません。父と母を続けて亡くした私には、もう米国内に留まる自由はありませんでした。決まりかけていた大学の教員の仕事もあきらめざるを得なくなりました。私は事務所の同僚やハーバードの友人たちと手短に別れの挨拶をして、ケンブリッジのアパートをたたんで帰国の途についたのです。そしてこのちょうど一年後、あなたはあなたのお父さんを亡くして、私はその通夜に足を運んだのです。

私が自分の両親の死に関して、ここまで詳細に他の人に話したことは、これまで一度もありませんでした。見ず知らずの他人はもちろん、多少親交のある人であっても、自分の家族でもない人の親の死について聞かされても、迷惑でしかないだろうことは私にもよくわかっています。でも私は、あなたにだけはこの話をしました。その理由《わけ》は、それがどのような人の死であったとしても、決して私がそれを「利用しよう」などとはこれっぽっちも考えるわけがないことを、あなたにだけはわかってほしいからです。私は、あなたのお父さんの「死を利用してまで」あなたを追いかけたわけでは断じてありません。前述したように、私はただの一度も会ったことのないあなたのお父さんに、あなたに対して私が犯した罪を一言だけでも謝罪したかったのです。あなたは信じられないかもしれませんが、私はそれまでの自分の経験から、父を亡くした子どもの悲しみというものがいかに深く耐えがたいものなのか、よく知っているつもりです。それも若くして親を亡くした喪失感には測り知れないものがあることを、よく知っているつもりなのです。それゆえに私は、お父さんを亡くした時にあなたがどれほどの悲嘆にくれたのかが、自分自身のこととして痛いほどよくわかるのです。それゆえに私は、襖の隙間から目にしたあなたの姿が凛としていて、内心の深い悲しみに耐えていたことに涙しつつも、感動すら覚えたのです。私はただ、そんな私の気持ちをあなたに伝えたかっただけなのです。

17 最後の電話

高校で私たちが初めて出会ってから、あと数年で半世紀を迎えます。時の流れとは無常極まりないもので、あらゆる人々のあらゆる人生をのみ込みながら、個々の小さな物語に関しては何一つ後に残すことはありません。これまでにそれぞれが必死になって紡いできたあなたの人生も、そしてまた私の人生も、それら無数の物語の取るに足りない一つとして、無限の時の流れの中へと、だれからも顧みられることのない忘却の闇の中へと、吸い込まれつつあります。

忘れてしまうことで人は幸せになれるのでしょうか。加速度的に変化の度合いを増した現代社会の中で、それぞれがそれぞれの〝今〟を生きざるを得ない中で、個人が過ごしてきた過去の物語にどのような意味があるのでしょうか。いくつも積み重なった過去の一つ一つがその人の〝今〟を作っているはずなのに、それらの過去を忘れることで人は幸せになれるのでしょうか。つらいこと、苦しいこと、悲しいことのすべてを忘れた先に何が残るのでしょうか。

私の個人的な主観からは、あなたの過去と私の過去とは、高校の三年間とそれに続く大学の四年間は、幾重にも交錯を繰り返し、時に穏やかに時に激しくぶつかって互いを傷つけながら、大学院の二年間で少しずつ交わりの機会を減らして、修士課程修了後には次第に距離を隔てるようになりました。あなたの心の中を私が勝手に想像してみても、おそらくあなたの個人的な感覚でも、私たち二人の係わりの歴史的密度に関しては、ほぼ私と同じような認識になるのではないかと思います。

私たちが大学院を修了した一九八三年の春以降、時間という忘却装置は有無を言わせず強固に作動して、あなたと私との距離は無限大に広がりました。学位授与式の夜以降今日までに、私があなたの姿を目にしたのは僅か二回のみです。あなたのお父さんの通夜の時と、大学卒業二五年目の建築学科同窓会の二次会の時とです。このわずかに二回しかなかった機会に、私はあなたの姿を垣間見るだけで、あなたの声を聞くことはありませんでした。同じように大学院修了以降、私があなたの声を聞いたのもわずかに二回のみです。どちらも卒業二五年の同窓会の二次会の後で、私があなたに直接電話をかけた時です。当然この時に、私はあなたの姿を見ることはできませんでした。あのころはまだ今のような通信機器《デジタルデバイス》はありませんでした。そしてその後今日までに、あなたと私の人生経路は一度も交わってはいません。

私があなたの身体《からだ》と肉声《こえ》とを同時に一体のものとして、あなたに接したのはいつだったのでしょうか。この数日、私は毎晩そのことを考えてきました。そしてそれが修士課程一年の秋に本郷を訪れたあなたが、私が描いていた学生コンペの図面を目にした時だったとようやく気が付いたのです。この時は、あなたのほうから私に声をかけてくれました。あなたの体は私のすぐ隣にありました。そしてあなたは、私たちが共に学んできた〝建築〟について、私と話をしようとしてくれたのです（この時に私がおざなりな受け答えしかできなかったことは、以前に書いた通りです）。

この時私はあなたそのものと実際に会っていました。それが僅か数分でしかなかったとはいえ、私の目はあなたの姿を捉え、私の耳はあなたの声を聞いていました。それはこの時のあなたにとっても同様だったはずで、あなたは私の姿を目の前に見て、私の声を直接聞いていたことは確かでした。この一九八一年の秋からもうすぐ四〇年が経過します。その間、私があなたと〝建築〟について話すことは一度もありませんでした。

その内容いかんにかかわらず、他人との意思の疎通には言葉が最も大きな要因となりますす。もちろん表情や仕草など非言語表現も重要ですが、それらはあくまで補助的なものであって、やはり言葉による表現が最も直接的に相手に伝わることは一般的に当然のこととされています。

私があなたから直接あなたの意思を伝えられた最後の機会は、今から一五年前に私からあなたにかけた電話でのやり取りでした。先に記したように、またこの手紙の一番初めにも記したように、それは二〇〇六年五月二七日の土曜日と、約二か月後の七月三〇日の日曜日のことです。

私はこの二回の電話であなたと交わした会話の多くを、あなたが口にした言葉のほとんどを、今でも心の奥底にしっかりと刻み付けています。それらはみな、私が忘れようとして忘れ得ないあなたの言葉なのです。そして今に至るも、硬く重たい暗黒物質《ダークマター》となって私の心に沈んだあなたの言葉は、一時も休むことなく私を苦しめ続けています。


一回目の電話で、私は単刀直入にあなたに会いたいと言いました。私は、一週間前の同窓会の二次会であなたを目にしたことを伝えて、あなたに会って直接話をしたいと言ったのです。この時私の耳に届いたあなたの声は、わりと落ち着いていたように感じられました。あなたからしても私と直接話をするのは、一九八一年秋の大学院一年の時以来だったはずです。それから四半世紀の時を隔てて突然受けた私からの電話に、あなたはわりと冷静に、いわばごく〝普通に〟対応してくれました。けれども、もしかするとあなたの内心には、相当な驚きが生じていたのかもしれません。一週間前の二次会であなたが私の姿を認めたかどうかは、私にはわかりませんでした。もちろんお互いに声を聞くこともありませんでした。けれども受話器を通して聞こえてくるあなたの声は、以前と少しも変わってはいなかったと思います。

会いたいという私からの突然の要求に、あなたは少したじろいでいたかもしれません。あなたは少し躊躇しながら「今はちょっと……」と言いました。改めて振り返ると、あなたの言葉には「どうして……」という小さな疑惑と「どうしよう……」という大きな迷いとが含まれていたのだろうと思います。ただこの時の私の心には、あなたのそんな思いを推し量る余裕はありませんでした。私なりに意を決してかけたこの電話で、私は少し強引にあなたに会いたいと繰り返しました。そしてあなたもさらに戸惑いの度を深め、再び「今とても忙しいから……」と繰り返していたのです。私がそれ以上押すことはなく、最後にあなたから「夏休みになったら……」という返事をもらったことは、この手紙の初めに書いた通りです。

あなたの返事に私が何を感じていたのかは、もうほとんど記憶が曖昧です。しかしあなたの〝夏休み〟という言葉が、私に微かな期待を抱かせたことは確実でした。あなたがどんなつもりでこの言葉を使ったのかはわかりません。五月末のこの時期、働き盛りのあなたが忙しかったのは本当でしょうし、「夏休みになったら」時間が取れるとあなたは思ったのかもしれません。あるいは、あなたなりに少し時間を置きたかったのかもしれません。けれども私にとっては、あなたが〝夏休み〟と言ったことは、私たちがあなたの部屋で過ごした高校三年の〝夏休み〟を想い出すことにつながっていました。そのために私は、胸の奥に微かな期待を抱きながら、夏が来るまでの二か月余りを待ち遠しく思っていたのです。

七月三〇日の日曜日、私があなたに二回目の電話をしたのはお昼よりかなり前ではなかったかと思います。この時の私には、あわよくばその日の午後か夕方にでもすぐにあなたに会えればという気持ちがあったはずです。けれどもそんな私の気持ちは、あなたによって粉々に打ち砕かれてしまいました。それどころか私の心そのものも、あなたの強く激しい言葉によって何度も切り裂かれてしまいました。

初めにも書いたように、この二回目の電話の先にいたあなたは、一回目の時とはまるで別人のようでした。最初のうちはかろうじて理性的だったあなたの声はすぐに激しさを増し、私の話を一言のもとに「幻想に過ぎない」と切り捨ててしまいました。直接あなたに会って話をしたいという私の要望も「あなたに会う必要なんかないわ！」と言って取りつく島もない口ぶりだったのです。あなたのお父さんの通夜の席で私があなたを目にしたことを伝えた時に、あなたから「私の父の死まで利用して、、、……」と激しい非難を浴びたのもこの時のことでした。そしてあなたは「もう二度と電話してこないで！」と強い口調でいった上に「私の行くところにはもう来ないで！」とも叫んでいたのです。一言ごとに強烈な毒を含んだあなたの言葉は、私に対する憎しみに溢れていました。

どうしてこれほどまでにあなたの態度が大きく変わってしまったのでしょうか。この二か月前の電話では、あなたの口調には少し戸惑いがあったかもしれませんが、ごく自然で落ち着いていました。あなたはすぐに、電話をかけてきたのが私であることをわかって、それでも極めて冷静さを保った普通の話し方をしてくれました。一九八三年春の大学院修了以来、二三年ぶりに聞いたはずの私の声を、あなたはすぐに私と認識してくれたのです。けれども七月末のあなたは、二か月前のあなたではありませんでした。

あれから一五年の時を経たつい最近になって、ようやく私は、この二か月間にあなたの心に何が起こっていたのかについて考えることができるようになりました。

一九八一年春の建築学科卒業後、駒場と本郷に分かれたあなたと私の存在領域は、修士課程の二年間はほとんど交わることはなく、そのために互いに相手の存在を意識することなく生活することができるようになりました。修士の学位を取得した後は、あなたは植田建築設計事務所に勤め、私は遠い国へ旅立ちました。

次第に広がる私たちの物理的距離は、そのまま私たちの心と心の距離となり、互いに相手の存在を忘れることができたのだと思います。無限遠に離れた日々を重ねることは、あなたにとっては、学部時代の二年余りの間に私から被った肉体的精神的な屈辱を忘れることにもつながっていたのだと思うのです。そのことは私にとっても同様でした。私の目の前からあなたが消え去るのに合わせて、あなたに対する罪の意識も私の心から次第に薄れてしまったことは、正直に認めなくてはならないでしょう。それが一度だけ私の心によみがえってきたのが、あなたのお父さんの通夜に赴いた時だったことは前述した通りです。この時、あなたが霊前の私の姿を見たのかは今でもわかりません。けれども私が来ていたということ、つまり私という存在そのものをあなたは知ったはずです。なぜなら後日、慣習通りに香典返しが私のもとに届けられたからです。しかし、あなたのお父さんが亡くなった時から数えても、私の電話までには一九年の歳月が流れていました。あなたが私のことを、私との禍々しい過去のことを、忘れるためには十分な時間だったでしょう。

したがって、突然かかってきた私からの一回目の電話の時に、あなたの心の中には私から被った過去のつらく苦しい日々のことは、ほとんど残されてはいなかったのかもしれません。それゆえにあなたは微かに戸惑いながらも、私に対してごく〝普通に〟落ち着いた言葉で話してくれたのでしょう。しかし電話を切った後のあなたの心の中に、忘れていたはずの私との過去がまざまざと蘇ってきたことは間違いありません。二〇年以上にわたってその存在すら忘れていた私が、この日突然電話をかけてきたのです。声だけだったとはいえ、再びあなたの前に私という存在が現われたのです。「会いたい」という私の声はあなたにとっては、何年も見かけることのなかった追手が突然姿を現し、またしても自分を追いかけてくるのではないかというある種の恐怖感を呼び起こす声だったのかもしれません。だからこそあなたは、最後となった七月の電話で「もう電話してこないで！」「もう私のところに来ないで！」と叫ばざるを得なかったのではないでしょうか。

けれどもあの日の私には、誓って、あなたを追いかけようとか追い詰めようとかという気持ちは、一切ありませんでした。そこには一片の嘘もまやかしもありません。私はただ、何十年ぶりかで現実のあなたそのものに会って、電話なんかを通してではなく、直接あなたと話をしたかっただけなのです。幻想には違いないとは思っても、もしかしたらこの時に至るも、かつてあなたが掛けた〝アンの魔法〟は、未だにあなた自身の心を雁字搦めに縛り付けていたのかもしれません。

しかしながら、あなたとの最後の電話から一五年が経った今の時点で、あなたとの間で起こった過去のすべてを私が勝手に幻想の世界に韜晦することは、決して許されないことです。今の私の心の中には、あなたを追いかけるつもりはまったくないにもかかわらず、あなたの心は未だに私から逃げ続けることをやめられないでいます。


他人の心の中を勝手に憶測するのは礼を欠いた行為であることは重々承知しています。しかしその上で、あえて私はあなたの心の中を読み解きたいのです。大学院の学位授与式以降、私との空間的距離を確保することのできたあなたは、それまでの私とのつらく苦しい過去の日々をすべて忘れることによって、社会人としての新しい人生へ踏み出したのでしょう。植田事務所での建築設計の実務は、過去を忘れようとしたあなたの心にはとても有効に作用したはずです。この時のことをあなたは、最後の電話で「私だって仲間とワイワイ楽しくやってたわ……」と言っていた記憶があります。加えて、私から一回目の電話を受けるまでには四半世紀近い空白期間がありました。その時間はあなたにとっては、私から受けた屈辱的な過去を忘却の彼方へ追いやるには十分な時間だったでしょう。

けれども一五年前の一本の電話が、あなたの平穏な日常を壊してしまいました。私の声を直に聞くことにより、あなたの記憶は呼び覚まされたのです。そして忘れていたはずの過去の忌々しい出来事の数々が心の中に蘇ってくるにつれて、あなたは必然的に、その一つ一つの場面で私から受けた虐待ともいえるような身体的精神的な苦痛を、否応なく思い出してしまったのでしょう。

あなたは断じて忘れることができたのではないと思います。私との距離が十分に保たれて、さらに私からの直接的な接触が長い間なかった時にだけ、あなたの心の中のつらい記憶は無意識の底に沈み、それが消去されていないにもかかわらず、あなた自身に意識されることがなかっただけなのです。それを思うと、あの時私があなたに電話をかけたことは、ようやく消えようとしていたあなたの心に沈んだつらく苦しい記憶を、再び鮮明なものに巻き戻してしまったのは明らかでした。あなたが自分の苦しみのあまりに声を荒げてしまったのも、私に対する抑えがたい憎しみをありありと思いだしてしまったからだと思います。

もしもあの時、私が同窓会の二次会に行かなければ、あなたを目にすることもありませんでした。あなたを見ることがなければ、私があなたに電話をかけることもなかったでしょう。けれどももう手遅れなのです。過去は、誰にとっても絶対に変えることはできないのですから。一五年前に二度にわたって私があなたに電話をかけた事実は消すことはできないし、それによって、忘れたと思っていた私たちのつらい過去を、あなたが思い出してしまったことも、なかったことにはできないのですから。

18 決算未了の今

あなたは気が付いているでしょうか。この手紙の中で私は、あなたに関しては一度も〝愛〟という言葉を使ってはいないことを。さらにいえば、より簡便で少し軽い印象も伴う〝好き〟という言葉も使ってはいないことを。その理由《わけ》はいたって簡単です。私はこれまでに〝幻想〟ではない現実のあなたに対して一度たりとも「愛してるよ……」とか「好きだよ……」と言ったことがなかったからです。高校時代、あなたと私との距離が最も近づいていた時でさえ、私はあなたに直接、この言葉を口に出して伝えることができなかったからです。

では何故、私は大学受験という自分の将来を決定づける決断をするべき時に、あなたを選んでしまったのでしょうか。その後今日まで続く長い時間経過の中で紡がれた私たちの物語を悲劇と呼んでもよいのであれば、その直接的発端は、この時の私の進路選択にあったのだと思います。ただし前にも書いたように、この決断に伴うすべての責任は当然ながら私個人にあります。私自身がそのことに対する責任を負い、それらを全うしなくてはならないことは当然のことなのです。自分が歩んできた自分の人生に対して、私が責任を負うべきなのは極めて当たり前でしょう。ですから私は、そこの部分にあなたを介在させるつもりは毛頭ありません。

しかしながら、その自らの責任を自覚した上でここに至ってようやく私は、私自身が負うべき責任の中に自らの選択とはまったく別の次元で、あなたに対して私が負わなくてはならない別の責任が厳然と存在していることに気付いたのです。

私はこの手紙の中に、いくつものあなたの言葉を書き取ってきました。それらはみな、私の記憶の片隅に間違いなく残されているあなたの言葉です。そのうちのいくつかは穏やかな優しさと柔らかな温かさにあふれていましたが、数少ないそれらの言葉以外のものは、ほとんどが私に対する憎しみと怨嗟に満ちていました。私の存在を否定し、私との係わりを拒絶するあなたの強固な意志を、そのまま直接的に表していました。

これまでに私があなたに対して犯したいくつもの罪を思えば、私はあなたの非難と怨嗟をそのまま受け入れなくてはならないのは当然でしょう。私の心がそれに耐えられるか否かは別の問題であり、どんなにつらくとも私は、あなたの言葉をすべて受け止めなくてはならないのだと思います。

けれども一つだけ、たくさん聞いたあなたの言葉の中でたった一つだけ、私にはどうしても受け止めきれない言葉があります。それを聞かされてから一五年が経過した今日でも、あなたのその言葉は真っ黒い大きな塊となって、私の心を喰いつくそうとしているのです。

「私の人生をメチャメチャにしたくせに……！」

誓っていいますが、私の意識の中にはあなたに出会ってから今日に至るまで、あなたの人生を壊してやろうなどというつもりも意図もまったくありませんでした。確かに高校卒業以降、私はあなたを追いかけていました。あなたがそれを嫌っていたことは承知の上で、私の眼はあなたの姿を追い続けることをやめられませんでした。そしてあなたはそんな私から常に逃げ続けていたのです。

駒場で過ごした一年半の教養課程は、私にとっては地獄そのものでした。何人かの男子学生と楽しそうに歩くあなたの姿を、私ははるか遠くから見ていることしかできませんでした。何回かあなたと目が合うこともありました。そのたびにあなたはすぐに私から目を逸らし、足早に離れていきました。もしかしたら既にこのころから、あなたは自分で口にした「他の男性《ひと》とも付き合うわよ……」という言葉に、自らが囚われていたのかもしれません。執拗に追いかけてくる私の視線にあなたの心はあまりに過敏になっていて、無意識のまま常に私から逃げようとしていたのではないでしょうか。そのことがあなたの潜在意識の中に、私に対する嫌悪感とそれにまさるある種の逃避願望を生み出していたのではないでしょうか。

本郷の専門課程では、私たちは五〇人という限定された人間集団の中に取り込まれてしまいました。私から遠ざかることのできる駒場のような空間的広がりは、建築学科の中には用意されていませんでした。狭い教室で受ける専門科目の講義の多くを私はサボっていましたが、設計課題のあらゆる場面で、あなたが私を遠ざけることは不可能でした。いわれるまでもなく私は設計に全精力を注ぎ込み、講評の場で最高の評価を受けようとしていました。それは「建築でもやっていける……」とあなたに言ってしまったことで、必然的に生み出された私のむなしい姿だったのかもしれません。けれども、講評のような華やかな場面の裏側で、あなたは嫌でも私の姿を目にして、私の声を耳にしなくてはならなかったのです。そのすべての機会に私は、あなたの存在を意識していたはずです。けれども、私を見ざるを得なかったその時のあなたの心の中を、私は全然考えることができませんでした。

狭く閉じられた建築学科という空間で、私は自分のやりたいように過ごしていました。そしてそのような私の傍若無人な態度が、同じ空間内のあなたの居場所を少しずつ狭めていったことに、私はまったく気が付かなかったのです。おそらくあなたは、必死になって逃げ場を求めていたのだと思います。美術サークルから一緒に進学してきた本庄がその役目を担っていたのは確かでしょう。もちろん私には、そうしたあなたの心の苦しさを知りようがありませんでした。けれども、そうしたあなたの表面上の振舞いが、私をとんでもない犯罪行為に走らせたことは先に記した通りです。

私から逃げ続けていたあなたが、直接私に向かってきたことが一度だけありました。逃げても逃げても追ってきた私が、とうとう真夜中のあなたの寝室にまで魔の手を伸ばした時です。ついにあなたは逃げることをやめ、私に反撃を試みました。しかしその時、あなたは自分だけの力ではなく、本庄と富城の手まで借りることになってしまったのです。もしかしたらそのこともまた、あなたの心を苦しめることになったのではないでしょうか。そしてその苦しみを生じさせた私という存在に、あなたは怨念ともいえるような黒い恨みの塊を抱くようになったのではないでしょうか。

もちろんこれらはみな六三歳になった私が、私たちの過去を振り返ってあなたの心の中を勝手に想像していることです。したがって、ここに私が描き出したあなたの姿は、かつてあなたがいった「幻想に過ぎない」ものなのかもしれません。

建築学科でのあなたは、当時の私と同じように私の存在などまったく意に介せず、あなたのやりたいように過ごしていたのかもしれません。けれども今の私には、たとえあなたが「そうよ、その通りよ！」と肯定したとしても、それを信じることはまったくできません。なぜなら四〇年前のあなたが本当にそうでいられたのであるなら、走り去ったあなたにやっと追いついた私の目の前で、無防備になって嗚咽しながら心の内をさらすことはなかったでしょうし、大学院で独りになったあなたが、私の拙い図面を見て建築の話をしてくることもなかったはずだからです。そして何より、あなたがあなたのありたいように生きていたのであれば、一五年前の最後の電話で、私に向かってこれ以上ない激しさで、「私の人生をメチャメチャにしたくせに……！」という怨恨の言葉を投げつけることはなかったと思えるからです。

あなたからこの言葉を浴びせかけられるまで私は、あなたの私に対する強い恨みに気が付くことはできませんでした。そして、あなたの今に続くそこはかとない被虐感情にも気が付きませんでした。私はこの手紙の中で、あなたのこの言葉を何回か書いてきました。そしてそれ以上に私の心の中で、あなたのこの言葉を何回も考えてきました。正直に言えばずっと忘れていた時もありました。意識して忘れようとしてきた時もありました。けれどもそのたびに、あなたのこの言葉はどこからともなく蘇り、否応もなく今の私の心を切り刻んでいきます。なぜならこの言葉は、あなた自身があなたの人生そのものを肯定的に捉えることができていないということの、明白な証しだからです。

この言葉をあなたに言わせた責任は、間違いなく私にあります。そして、あなたに対して果たすべき私の責任は今になってもうやむやのまま、私の中で誤魔化されたままになっているのです。

私はあなたに対して何をしてしまったのでしょうか。その原因は何だったのでしょうか。建築学科での二回に及んだ背徳の行為が、あなたの身体《からだ》もあなたの精神《こころ》も共にあまりにも惨く、いわば「メチャメチャに」傷つけてしまったことは、今でも消せない慙愧の念として私の心に残っています。当時の私にも、あなたに対して取り返しのつかないことをしてしまったという自覚はありました。しかし、その酷い行為があなたの人生を「メチャメチャに」してしまったという感覚は、愚かにも当時の私にはありませんでした。けれどもあなたの心には、私によって一度きりの人生を「メチャメチャに」壊されてしまったという被害感情は残されたままになっています。

私はあなたに何をしたのでしょうか……。

先に触れたように、建築学科の中であなたは次第に自分の居場所を失っていきました。顕在化されている自意識の上では、あなたは「そんなことはないわ」と否定するでしょう。けれども潜在意識の中でのあなたは、少しずつ狭められていく自分の行動範囲に苦しめられていたのだと思います。そして大学院進学と同時に、あなたは学校という空間では本庄も富城も失いました。幸いなことにその時には、私の存在もあなたのいる駒場に出現することはありませんでしたが……。

今遠く離れているあなたの姿を心に思い描きながら、やっと私は、私があなたに対して犯してしまった本当の罪について思い至りました。私は私の存在そのものによって、あなたの自由を奪ってしまったのです。あなたがあるがままの姿で、あなたの思い通りに自由に振る舞うことのできる時間と空間を、私はあなたから完全に奪ってしまったのです。私がいなければ、あなたはもっと自由にもっと思い通りに青春を楽しむことができたはずです。もっと自由にもっと思い通りに建築を学ぶことができたはずです。さらにいえば、私という存在が建築学科の中になければ、あなたが本郷に残りそのままK研究室かあるいはM研究室で大学院生活を送ることができたかもしれません。

あなたは自由にありのままの姿で学生生活を送ることができなかったのです。その根本原因は私にありました。何度あなたは、私さえいなければ……と思ったことでしょう。もちろんあなたは、そんなことを口に出してはいいませんでした。たった一回、大学に入学した当初にあまりに不甲斐無い私に対して「建築なんていわないでよ！」と言っただけでした。これ以降のあなたは私から逃げ続け、その苦しさに必死になって耐え続けていました。そしてそのことが、そのままあなたの潜在意識に潜り込み、時間を重ねるにつれて、私から受ける被虐感情へとつながっていったのだと思います。

今のあなたからすれば、とんでもない言い訳に聞こえるかもしれませんが、建築学科での私は私なりに必死に生きていました。もしかしたら取り違えてしまった自分の人生航路について、あの時の自分の選択は正しかったのだと自分に言い聞かせるためにも、さらにあなたに対してその選択の正当性を証明するためにも、必死になって建築に取り組んでいたのです。これを悲劇と言っていいのかはわかりません。第三者からすればくだらない喜劇にもならないかもしれません。けれども、こうした私の行為のすべてが、図らずもあなたの自由をすべて奪ってしまったのです。

高校時代に背伸びして読んだ漱石は、一八歳の私にとっては何の役にも立ちませんでした。漱石の描く幾重にも折り重なった愛憎関係に囚われた登場人物たちの心情のせめぎ合いは、精神的未熟児ともいえた私の内面には、いかなる影響も及ぼすことはなかったのです。
高校三年の夏、これ以上ないという最高の一時をあなたと過ごした私には、三四郎の苦痛に満ちた後悔もなければ、代助のすべてを投げうった決断もありませんでした。そしてもちろん、『こころ』の〝先生〟のような自らの命を賭した覚悟もありませんでした。そのような優柔不断で煮え切らない私の態度は、あの夏の日から数えて四五年にもなる今日までのあなたの人生を、結果的に「メチャメチャに」してしまったことに間違いはないのです。その意味では、あなたの私に対する非難讒謗の言葉は完全に正しいと思います。そしてその正しさゆえに、あなたの言葉は今でも私の心を責め苛んでいるのです。そして同時に、あなたの心に住み着いたまま決して消えることのない私への怨恨の情は、いつまでもあなた自身をも苦しめているのだと思います。

心の奥底に沈んだあなたへの思いを抑え込めないまま、一五年前に私があなたに突然電話をしてしまったことは、もしかしたらとんでもない失敗だったのかもしれません。忘れかけていた私との禍々しい過去が、この電話により再びあなたの心に蘇ってしまったことは間違いのないことでしょう。その二か月後にあなたからあの言葉を叩きつけられたにもかかわらず、あろうことか私は、つい先日再び同じ失敗を繰り返してしまったのです。

初めに書いたように私は三年前の夏、大きな病に襲われ死の淵をさまよっていました。幸い一命は取り止めましたが、病気以前と同じように建築設計の現場に立つことはかなり困難になってしまい、学生たちへの指導も思うようにはいかなくなってしまいました。以前のような身体《からだ》を失った私は自ずと自分の精神《こころ》を見つめ直すことが多くなりました。それらを綴った闘病記と書き始めていたこの手紙の最初の部分を、あなたの六三歳の誕生日に間に合うように、あなた宛てに送ってしまったのです。そしてあなたの誕生日の二日後に、まったく読んだ跡のない私の手紙と拙著が、そのまま私のもとに送り返されてきました。私は、一五年前のあなたとの最後の約束すら守り通すことができなかったのです。そして唯一つ私が得たものは、あなたからの有無を言わせぬ絶対的な拒絶でした。返送された封筒の中には、あなたから添えられた言葉は何もありませんでした。一つだけ残されたものは、私の宛名を書いたあなたの筆跡だけなのです。

この一五年という長い時間をかけて、あなたは私との過去の記憶をもう一度改めて忘れようとしていたのでしょう。しかし今回は電話ではなかったとはいえ、私から送りつけられた拙著と手紙とで、またしてもあなたが過去を想い出すことになってしまったことは明白でした。そして未だにあなたの心の中には、私に対する消しようのない憎しみが残り続けていることも明らかでした。

今回はあなたから再び「私の人生をメチャメチャにしたくせに……！」という言葉をぶつけられることはありませんでした。あなたからの言葉は何も同封されてはいませんでした。けれどもそっくりそのまま送り返されてきた封筒《パッケージ》は、今この瞬間のあなたの心の在り処を少しだけ私に教えてくれたのです。今でもあなたは私との過去を、私に纏わるすべてのことを忘れようとしているのでしょう。そして忘れることによって、これから先のあなたの人生を生きようとしているのでしょう。それゆえにあなたは、またしても自分の忘却を妨げた私に対して、「もういい加減にしてよ……！」「どこかに消えてよ……！」と叫びたいのではないかと思います。

あなたと同じように私も、忘れることができるのであればどれだけ心が楽になれるのか……と思いました。何度か書いたように、私もあなたのことを忘れていられる時がずっと続いていました。けれども、私があなたとの過去のすべてをずっと忘れていることは不可能でした。

三年前に私を襲った病は、はるか昔に私の父の命を奪った病とまったく同じものでした。発症時に半数以上が亡くなると言われている急性大動脈解離という病気でした。治療が遅れると当日中に九割近くが命を落とすともいわれる病ですが、私はかろうじて魔の手を躱すことができたのかもしれません。病床での私が、あなたのことを思い出すことは一度もなかったことは、初めにも書いた通りです。けれども、結果的にこの病を得ることによって、私は何故かあなたとの過去が鮮明な記憶として蘇ってきたのです。そして私は遅ればせながらも、あなたに対して今までに果たすことのできていない責任を取らなければならないと気が付いたのです。

漱石が『こころ』を書いたのは「修善寺の大患」と呼ばれる危篤状態に陥った明治四三年の夏から四年近く後のことでした。病床で彼が何を思い何を考えていたのかは、私にはよくわかりません。けれども漱石は、間違いなく自らの死について考えたはずです。それを抜きにして、彼が〝先生〟の覚悟を遺書の形で小説の中に表わすことはできなかったのではないか……と私には思われてならないのです。

残念ながら今でも私には、そこまでの覚悟は持ち得ていません。しかし、自分の持ち時間はあまり残されてはいないという微かな不安はあります。私の父が最初に発作に見舞われたのは、私たちが建築学科を卒業する少し前の一九八一年三月初めのことでした。その四年八か月後に彼が足早にこの世を去ったことは前に記した通りです。そのうちの三年近くを今の私は既に浪費しています。私の主治医は、父の時代とは医療技術も治療環境も異なると話してくれましたが、それでも私の心は、やり残していることを見つけて私を責め立ててくるのです。

今の私が今のあなたに対して何をすることができるのでしょうか。おそらくはあなたが思っているように「どこかに消えて」しまえばいいのでしょうか。けれども、過去を忘れることではどんな人であっても幸せをつかむことは絶対にできないと、私は信じているのです。何故なら、それらの過去の一つ一つがすべて積み重なって今現在のその人を作っていることを、私は寸分も疑ってはいないからです。そしてあなたが、今現在でも私との過去を忘れることができてはいないということも、疑ってはいないのです。私に対する絶対的な拒絶も、激しい憎悪の言葉も、あなたが私に叩きつけてきたすべてがそのことを証明しています。そしてあなたをそうさせてしまう原因を作ったのが私であったということを、私は決して忘れることができません。

あなたの人生を「メチャメチャに」してしまった責任は私にあります。そのことは今でも痛いほど私の心を突き刺してくるのです。しかしながら、そのつらく苦しいあなたと私との過去を、今さら変えることなどできるはずもありません。過去をやり直すことなど誰にもできないのです。

けれども、その厳然と存在している過去を、変えることのできない過去を、違う立ち位置から見直すことはできるのではないかと、今の私は思っています。そのためには、それぞれが生きてきたそれぞれの過去を、静かに振り返ってみることが必要なのではないでしょうか。それは、過去を忘れることとは正反対の態度になるのだと思います。誰がいったのかは覚えていませんが、「過去を忘れる者は過去から復讐される」という命題を、私は聞いたことがあります。逆の言い方をすれば、現在の自分を作っているはずのそれまでの過去のすべてをもう一度静かに振り返ってみれば、そのどこかに、それまでに感じることのできなかった幸せが、少し顔を覗かせているということになるのではないでしょうか。

私に対する憎悪と怨嗟と罵倒をすべて含んだあなたの言葉「私の人生をメチャメチャにしたくせに……！」、この言葉が私の心の中から消えることはおそらくないでしょう。それは、私の心に絶えざる苦しみと悲しみとを今も注ぎ込んでいるのです。私の苦しみは、この言葉をあなたにいわせた原因が私にあるからであり、私の悲しみは、この言葉が示すあなたの被虐感がある限り、あなたがあなたの人生を肯定的に捉えることができないからなのです。

私が正しいかはわかりません。けれども今に至るも、あなたが自分の人生を私のために

「メチャメチャに」されてしまったという苦しみから逃れられず、そのために未だにあなたは、あなたの人生を肯定的に捉えられないのだということを、私はようやく理解できたように思います。

あまりにも長い時間が必要でした。そしてあまりにも長い時間が音もなく流れ去ってしまったために、二つの心はそれぞれまったく別の方向《ベクトル》へと向かわざるを得なくなってしまいました。一つは過去を忘れようとする方向へ、一つは過去を忘れまいとする方向へ。それらが再び交わることはもうないかもしれません。けれども私はあなたに、あなたが生きてきたあなたの過去のすべてを、これ以上はない唯一無二の素晴らしいものだったと考えられるようになってほしいのです。つらいことも苦しいことも悲しいことも、それらすべてが積み重なった上に今のあなたの姿があるのです。過去を変えることはできません。しかし、変えられないからといってそれを忘れようとしても、過去は必ずあなたの心に蘇ってきます。私との過去をどれだけあなたが拒絶したとしても、私たちの過去が死ぬことは絶対にないのです。あなたの苦しみの在り処をようやく理解した私は、あなたが過去を忘れ得ぬまま、あなたが人生を「メチャメチャに」されたと感じたまま、あなたが苦しんでいる姿を想像したくはないのです。

漱石は私にとんでもない宿題を残しました。

ここまで書き連ねてきた私のあなたへの想いを〝愛〟と呼んでいいのでしょうか。四五年前の若かりし私は、あなたにこの言葉を伝えることはできませんでした。そして今でも私は、今の私の気持ちを〝愛〟と呼ぶことができてはいないのです。

漱石は最後の作品となった『明暗』で、新婚の妻を持つ男がかつての恋人を追いかける物語を書いています。津田というその男は消化器系の病で手術を受け、入院中から勝気な妻や自分の妹や身近な者たちから、暗にそのことを責められていました。しかし元恋人を追いかけようとする津田の気持ちは日ごとに高まり、彼女がいると教えられた湯治場の鄙びた温泉宿で、ついに元恋人清子に再会します。しかし清子も既に夫のいる身でした。『明暗』は津田が清子と出会ったところで幕を閉じます。漱石自身が自らの病のために、未完のままこの世を去ったからです。〝それから〟の津田と清子はどうなったのでしょうか。彼女を追いかける道すがら、津田は激しく煩悶します。それはまさしく、今でも悶え苦しむ私の姿の生き写しでもあるのです。

「彼女に会うのは何のためだろう。永く彼女を記憶するため？　会わなくても今の自分は忘れずにいるではないか。では彼女を忘れるため？　あるいはそうかも知れない。けれども会えば忘れられるだろうか。あるいはそうかも知れない。あるいはそうではないかも知れない」

この漱石の宿題は、今の私にとっては今のあなたとの断絶された関係の中で、私がどのようにして私の責任を果たすべきなのかに直結しているように感じられます。津田と同様、私にも妻がいます。守らなければならない家族もいます。けれどもそれら妻や家族に対する責任とはまったく別の次元で、私はあなたに対する責任を取らねばならないのです。


ここまで私は、あなたと私との間で作り出されたすべての過去を、包み隠さず正直に書いてきました。一つ一つの物語《エピソード》を文字で表していくたびに、私は心が引き裂かれるような苦しみを味わってきました。それらすべての苦しみの先には、未だにあなたが過去を忘れようとして忘れ得ずに、あなた自身の人生を肯定的に捉えることができていないと感じてしまう私の悲しみがあります。

清子に再会した津田がその先の未来に何をしようとしたのかは、私には想像がつきません。そして私も、あなたとの未来をどうしたいのかすら自分でもよくわかってはいないのです。一五年前のように、私はあなたに会いたいのでしょうか。仮に会えたとして、私はあなたとどのような話をしたいのでしょうか。それ以前の問題として、今のあなたが、私に対する過去の恨みに未だ囚われたままのあなたが、私に会うことを許してくれるとはとても思えません。それでも私は、今のあなたが自分の過去を、私とのつらく苦しい過去を、それだけではなかった過去を、もう一度静かに見つめ直してほしいと願っているのです。そのために私は、今度こそ自分の心を誤魔化すことなく、あらん限りの正直さをもって、あなたとの過去を書いてきました。

初めにも書いたように、あなたがこの手紙を読んでくれるかどうかは私にはわかりません。それでも私は、私たちの過去を綴ったこの手紙が、少しでもあなたの心を癒すことの助けになってくれればといいと思っているのです。

そして、もしも今のあなたに会うことができるのであれば、私はこれまでに一度もあなたとは話すことのできなかった「建築」の話をしたいと思っているのかもしれません。かつてあなたが私に話しかけてくれた「建築」の話、断絶された中で私たちが共に学んだ「建築」の話、そんな他愛のない「建築」の話を、私はあなたとしたいと思っているのかもしれません。

私たちの過去は、あなたも私も未だ見ることのない未来への途上にあります。そこへ足を踏み出すために、あなたは今度こそ私のこの手紙を読んでくれるでしょうか。

後日譚
ある冬の日に　再び

その日、男はゆっくりと公園の坂道を歩いていた。正午前のプロムナードは、両側に何本ものサクラの古木を連ねている。昼休みにはまだ早く、散策する人はあまり見かけない。毎年春には満開の桜が何万人もの花見客を迎えてくれるこの坂道も、数年前に新型コロナウイルスが猛威を振るっていた時には、ただの一人の人もいない虚無的な世界だった。この男にとってあの日に見たサクラ吹雪は、これまでのような美しさをまったく感じさせず、無人の園に舞う無数の花びらに紛れ込んだ自らの死が、音もなくゆっくりと近づいてくるかのような、そこはかとない恐ろしさを意識させるものであった。

坂道を登りきると、駅の公園口から動物園へのアプローチともなる広々とした中央広場に出る。まっすぐに進んだ先は噴水の広場に続き、正面は帝冠様式の国立博物館である。緩やかにカーブするプロムナードの坂道が中央広場に出る手前あたりから、国立博物館へと延びる一直線の都市軸が形成されていて、中央広場の中心も噴水池の噴水も、博物館本館の正面玄関も、すべてこの軸上に配置されている。そして駅から動物園へと向かう動線は、これと直交する第二の軸線を成している。若いころに建築を学び、建築設計を生業としてきた男は、自分が幼いころには、そのような都市計画的な視点を持ってこの公園に来たことなどまったくなかったという、きわめて当たり前のことを思ったりもしていた。

六〇年以上も前の遥かな昔、幼児だった男は両親に連れられ何度もこの公園に遊びに来ていた。根岸の生家からは寛永寺の坂を上ると、すぐに博物館のわきに出ることができた。動物園にもよく来たし、それ以上に、その正門のすぐ前にあった小さな児童遊園地にも頻繁に連れてきてもらっていた。それらの些細な過去の一部を、自分の幼いころの記憶として、この日の男は思い出していたのである。何年も前にこの児童遊園地は撤去されていた。中央の噴水池の形状もその周辺の植込みもかなり以前に改修されて、この男の幼い記憶にあるものとは全然違うものになっていた。この男には、科学博物館の重厚なファサードに向かい合って、その反対側に古典的スタイルの美術館が、より一層厳めしい顔つきで屹立していたことも、遠い記憶として残っているのである。令和の今、そんなことを覚えている人も少ないであろう。かつてこの美術館があった場所は既に立派な森となり、それらの木々に隠れるようにしてレンガタイルの都美術館が佇んでいる。

幼いころの記憶は次々と塗り替えられていく……その厳然とした事実に一抹の寂しさを感じるのは、自分が年をとったからなのだろうか。そんなことを考えていた時に、男はいまだ変わらずに残っているものにも気が付いた。駅の公園口のすぐ前に建つ文化会館は、男が三歳になるときに竣工し、物心がついたころから何度もコンサートに足を運んでいた。その正面と向かい合わせになる西洋美術館は、文化会館よりも先に、男が最初の誕生日を迎える直前に完成していて、その姿は当時も今もほとんど変わってはいない。学生時代には、自宅のすぐ近くにあるこれらの建築物に通って、ディテールを眺めたりスケッチを描いたりしていたのである。

自分とほとんど同じ年であるこれらの建築物が、すぐ身近にあることに思いを馳せながら、男は噴水池の横を通って、国立博物館前の林の中へ歩いて行った。少し開けたところに据えられたいくつかのベンチには座る人もなく、静かな陽だまりの中にあった。男はそのうちの一つに腰を下ろし、冬晴れの空を見上げた。林の中の様々な方向からは鳥の鳴き声が聞こえてきて、少し遠くからは噴水の水音がかすかに届いていた。男の足元には、色の褪せたイチョウの枯れ葉がたくさん積もっていて、ベージュ色の絨毯になっている。すべての葉を落とした目の前の巨木は、太い幹をまっすぐ空に伸ばしていて、何本もの枝を広げている。ごつごつとした深い皺を刻んだ古木の樹皮に向けた視線を、その根元からゆっくりと上に動かしていったときに、男はあることに気付いたのである。

「この木は幼いころの私の姿を知っている……それだけではない。日に日に育っていく私の成長過程をずっと見ていたはずである。遠足でうきうきとしながら動物園へと歩く幼稚園児の私、校外学習で友人たちと手をつないで木々の周りをまわる小学生の私、中学生になった私は、悪友たちと一緒に高い枝めがけて何度も枯れ枝を投げつけて、銀杏の実を落としていたこともあった……。高校時代の私についてはあまり知らないかもしれないが、大学入試の合格発表の日に、夕闇が迫る中、自分のすぐ近くを私が一人で歩いていくのを、このイチョウの古木は見ていたはずなのである……」

建築だけではなかった。この木も、他の何本もの木も、今も変わらずに残っているのである。それらはこの男の過去をすべてもれなく見てきたのだ。陽だまりのベンチで、とろとろとした心地よい眠りに誘われた男は、半睡半覚醒の中、自らの過去を知るこの木の来し方行く末について、おぼろげながらも考えていた。そして完全な午睡に陥る直前に、男はふっと目を覚まして、公園の木々と同じように、自分の過去を――たとえそのごく一部であったとしても――よく知る女たちがいることにも、突然気が付いたのである。そのような女《ひと》は何人もいるわけではない。男の過去のある一時期を共に過ごした女たちの中で、ごく僅かの女だけが、今も男の心の中にその居場所を残しているのである。彼女たちはみな、この男と何らかの関わりを持ち、それぞれの心の内で互いの気持ちのやり取りをしてきたのだった。そしてまた彼女たちはみな、一人一人それぞれ特別な何かを、男の心の中に残していったのである。それゆえに、あるいはそれだけを理由にして、彼女たちと過ごした過去の記憶は、何ら色褪せることなく男の中に鮮明に残り続けている。

公園のベンチで、男はとある女《ひと》との過去を想い出していた。今それを自分の掌に取り出し、そっと温めようとすることは、その女と過ごした日々を今現在に蘇らせようとする行為なのであろうか。今この瞬間にも、このベンチの隣にあの女がいてくれれば……と思うことは、決して許されないことなのであろうか。この女との過去の記憶は、男の中では一八歳のままで止まっている。

幻想とも妄想ともいえないような想い出を、遥かな過去への郷愁として、男は静寂の陽だまりの中、孤独とともに味わっていた。目の前のイチョウの古木は、そんな男の姿を静かに見下ろしていた。そして再び優しい眠りに誘われた時に、男の胸に一つの警句が浮かんできた。

「郷愁《ノスタルジー》に過剰に浸ることは、危険なことである」

誰の言葉だったかは思い出せなかった。ただ過去の記憶が、長い時間経過とともに郷愁となり、その追憶の中で知らず知らずの無意識のままに、必要以上に美化されてしまうことは、男にも理解できたのである。

イチョウの木は以前と変わらず、そこに立ち続けている。しかしながら、この大きな木は年毎に年輪を加えて、樹皮には深い縦皺を何本も刻んでいる。同じように、あの女《ひと》も一八歳のままでいるわけではない。男と同い年の彼女も、姿形はもちろん、考え方も心の在り方も、そして男に対する想いも、かつてとはまったく別のものになっているであろう。

そんな当たり前の事実に、男は改めて気付かされたのである。

首筋を吹き抜ける微かな北風が、ゾクッとした冷気とともに、これらの夢幻の瞑想を吹き飛ばした。男は徐に腰を上げて、林の中の小さなベンチを後にした。イチョウの枯れ葉を踏みしめながら、男はゆっくりと帰路についたのである。プロムナードの坂を下れば、そこには広小路の喧騒という普段の日常が、この男を待ち構えていた。

未完の物語の行方

——あとがきに代えて

本文中でも触れたように、漱石最後の作品『明暗』は未完のまま幕を閉じる。その後の津田と清子の関係がどのように展開していくのかは、作者漱石以外は誰にもわからない。今に至るも、彼を愛する人の中にはこの点に関して様々な説があるようで、一部の好事家などによる続編も書かれているという。だが不勉強な私は、そこまで目を通してはいない。それでも一人の漱石愛読者として、私も私なりに、津田と清子との〝それから〟についてあれこれと思いを巡らせたこともあった。そしてそんな掴みどころのない妄想の中で、ある時ふと、漱石自身の恋愛感情がいかなるものだったのかということに関心が向いたのである。

これも本文中で触れたことだが、漱石には鏡子という妻がいた。彼の弟子たちが書くところでは、なかなかに難しい女性だったらしい。漱石の手による自伝的小説『道草』の中にも、鏡子と思われる女性が主人公の妻として描かれている。この小説の中での夫婦のやり取りが、そのまま漱石と鏡子との実生活でのそれであったか否かについても、今のところ私には確かめようがない。けれども『道草』が、漱石自身の生い立ちから続く辛く厳しい人生経路を、自ら書き記した作品であることは、誰もが認める定説であり、そうだとすれば、作中に描かれた女《ひと》はまさしく、漱石自身が捉えた自分の妻鏡子の姿だったのではないかと思えるのだ。ただそこにどれだけの真実が語られ、どこまでが小説として脚色されたものなのかということについても、やはり私が正確に判断することは困難である。

漱石夫妻に限ったことではない。世の中に数千万も存在する男女の組《カップル》は、それを外から見た時の印象と本人同士の間で交わされるやり取りとは、どれ一つとして一致するはずがないであろう。さらに言えば、限定された一組の男女の間であっても、それぞれが相手に対して思うことが、常に一致しているわけではない。この不一致についていえば、『道草』に描かれた夫婦の間でも、ここに私が記した「あなたと私」の間であっても、同じことである。

最晩年の漱石は、妻を持つ男がかつての恋人を追い求める物語を書いたのだが、はたしてそのころの漱石自身に、妻である鏡子の他にそのような女性がいたのであろうか。さらにその時漱石自身は、妻鏡子のことをどのように考えて、どれほどの想いを寄せていたのだろうか。漱石はそのどちらにも答えることなくこの世を去っていった。もしかしたらそれらについて書かれた文献も多数あるのかもしれないが、一介の建築家でしかなく漱石の専門家ではない私は、それらについてもまだ目にしたことはない。

津田と清子との過去がどのようなものであったのかは書かれていない。ようやく再会することができた二人のその後がどのようになるのかについても書かれなかった。小説としては完結しないまま『明暗』は未完となった。そしてここに私が綴った文章も「あなたと私」の〝それから〟についていえば、未完の物語であることに変わりはない。それが近い将来、あるいは遠い未来に向けて、どのような道行を辿ることになるのかはまったくわからない。ただ単に私はこの一文を「あなたに宛てた手紙」として、「男というもの」が抱える異性に対する想いの在り様について書いただけのことなのである。私自身、これを恋愛小説とは考えていない。失恋物語ともいえないであろう。しかしやはり未完の物語の一つには違いないし、その行方についても、未来への時の流れの中でいかようにもなり得るものであろう。

私はこの小説で、一般的な性別差による男女それぞれの精神作用の違いについて論じるつもりはなかったし、私にそれが可能なわけでもない。ただ無意識の内に「男というもの」の心の働き方も、たぶん女性と変らず、あるいはそれ以上に、不安定でままならないものだという一例を示したかったのだと思う。男である私が言うのも変な話だが、「男というもの」の心の中とは、おそらく女性に劣らず、捉えどころのない複雑怪奇なものだと思う。しかしながら漱石の時代と変わらず、一般社会の暗黙の制約から、「男というもの」がそれを表に出すことは憚られるし、仮にそんなことがあれば周囲からは〝女々しい〟とも言われかねない風潮は、今に至るも厳然と残っていると思われる。

女性と同様、男の心の在り方も千差万別であり、それを一般化することはできないしするべきでもないと思う。ただ単に私は、男の数だけ無数に存在するであろう男の心の在り方の、とるに足らない極めて些末な一例を描いただけなのである。

漱石はもう一つ、さらに難しい宿題を私に残した。

ここに描いた「あなたと私」の物語が未完であることは、彼の『明暗』と変わらない。けれども漱石は自分の妻鏡子に対する想いを、小説という形ではあっても、『道草』の中に書き残したといえるであろう。逆に私は、未だそれには手を付けることが出来ていない。若くして『夏目漱石論』を著し脚光を浴びた江藤淳は、その最晩年に愛する自分の妻について書いている。そこまでの水準には到底及ばないにせよ、はたして私も彼らと同じように、自分の妻について書くことができる日が来るのだろうか。

六年前の急性大動脈解離以降、何故か残りの持ち時間が少ないだろうと意識した私は、ぽつりぽつりとこの文章を書きためてきた。それがこのような形で日の目を見ることになったのは、ひとえに文芸社のおかげである。末筆ではあるが、心からの感謝の意を表したい。

二〇二四年八月九日　　骨盤骨折で入院中の病室にて

※本文では『三四郎』『それから』『こころ』『明暗』など、夏目漱石の数多くの作品を参考文献とし一部引用している。それらは岩波文庫、新潮文庫によるものである。

著者プロフィール

田中 耕一（たなか こういち）
1958 年　東京都生まれ
一級建築士
現在、アトリエオヴニー建築設計事務所代表
「Japan Architect」（新建築社）の News Gallery、他、建築専門誌に執筆
マイアミ大学（米国オックスフォード）にて非常勤講師、他、国内大学の建築学科などで講師を歴任
2018 年 8 月に急性大動脈解離を発症し、その闘病記『不忍池のほとりにて』を 2021 年に文芸社より刊行

とある女《ひと》との過去

2024年10月15日　初版第 1 刷発行

著　者　田中 耕一
発行者　瓜谷 綱延
発行所　株式会社文芸社
〒 160-0022　東京都新宿区新宿 1－10－1
電話 03-5369-3060（代表）
03-5369-2299（販売）

印刷所　TOPPAN クロレ株式会社

ISBN978-4-286-25712-9